ESQUISSES D'ELLES

ESQUISSES D'ELLES

Nouvelles

Valérie HERVY

© Éditions Hélène Jacob, 2014. Collection *Recueils*. Tous droits réservés.
ISBN : 978-2-37011-067-1
Éditions Hélène Jacob – 13 Impasse Victor Gesta – 31200 Toulouse
Imprimé par Create Space – États-Unis
11,90 €
Dépôt Légal Janvier 2014

Design couverture : Jérémy Calli

À ma mère

La palette de couleurs

Ce soir, Léa a laissé tomber son pinceau sur la table. L'obscurité se fait soudain plus dense et la nuit tombe brusquement dans une épaisseur d'encre sur Pont-Aven. Le peintre cherche à tâtons l'interrupteur près de la porte. Sur le chevalet, la toile n'a pas encore pris son aspect définitif. Les formes s'étalent, mélange de couleurs chaudes et froides. Fatiguée par plusieurs heures de travail, elle ne peut continuer à peindre. Il est temps de réunir toutes ses esquisses. Il faut relier tout ce qu'elle a sur le cœur. Certaines feuilles sont jaunies, écornées par le temps, mais qu'importe. Pour suivre son histoire, elle doit maintenant assembler ses peintures.

Sa main tremble quand elle déploie les tableaux sur le parquet. Les souvenirs s'estompent, mais quelques-uns restent comme des lueurs incandescentes. Ils se confondent avec les grands morceaux de papier. Se dessinent alors des souvenirs qui s'entrelacent avec les visages. Car Léa brosse surtout des portraits de femmes, des regards croisés l'interpellent et elle cherche à retranscrire ou inventer des destins. Par petites touches, le peintre suggère, après il laisse au spectateur le soin de terminer la toile, d'apporter sa lecture finale.

Sur ce premier tableau, son visage est double. Comme un calque, deux images se superposent, une jeune fille encore fraîche et une vieille femme au crépuscule de sa vie. Un être hybride apparaît, entre deux âges. Le réel se confond avec l'imaginaire et la peinture devient une folie créatrice et ordinaire.

Autoportrait

Si Léa disparaît, il ne restera pas grand-chose. Elle a vidé rageusement son armoire à vêtements sur le lit et tout jeté dans la baignoire. Elle fait couler le liquide brûlant et glacial. Au-dessus du lavabo, elle regarde ces tissus qui flottent. Voilà avec l'eau du bain, elle disparaît à travers le siphon et termine au fond des égouts dans un trou noir. La vie n'a plus d'importance. Tout coule, tout part…

Dans la glace, son visage se transforme. Elle n'a plus de jeunesse, ses yeux mangent son regard brouillé par les larmes, ses cheveux sont mal coiffés. Puis, le miroir se voile et lui renvoie l'image d'une femme de soixante ans fatiguée par la vie, usée par les années. C'est fini, les rides s'installent, inexorables cicatrices. Sa silhouette se tasse et ses mains d'artiste craquent, paralysées par l'arthrose.

Maintenant, Léa rit. Jamais elle n'atteindra cet âge. Trop malade, trop folle. Son cœur lâchera avant. Ce vertige durera un long moment. Puis, comme les autres, il s'estompera.

Il ne reste sur le dessin que ce visage déformé, brouillé par les souffrances intérieures et le temps qui passe. Grâce à son art, Léa sait qu'elle a pu exorciser cette vision d'horreur.

Si, parfois, tout se dilue dans son existence, il doit encore rester une place pour l'espérance. Léa vit avec la mort brutale de sa mère. Le drame est si récent, si douloureux.

Elle revoit son corps dans la chambre mortuaire et sa main couverte d'un bleu. Quelque part, la joie l'a quittée depuis. Il faut savoir faire le deuil d'un être cher. Seulement, elle ne sait pas comment faire. Son absence est si lourde à porter, où qu'elle aille, cette dernière rencontre l'accompagne.

Un jour, peut-être, elle pourra peindre son visage.

Ses esquisses, comme une ancre, lui donnent la force de continuer à vivre. Elles la guident, retranscrivent ses démons intérieurs.

La vie, l'amour, la mort, tout se mélange et la folie s'éloigne parfois. Pourtant, Léa porte sa maladie comme une blessure qui ne peut cicatriser. Elle sent sa présence tapie dans l'ombre. Elle fait aussi partie d'elle, comme une fulgurance. Si elle remonte le cours de son histoire, c'est peut-être là que tout a commencé, que tout s'est déclenché. Elle doit aussi comprendre pour mieux accepter.

Le passé ressurgit aujourd'hui, comme une lumière bienveillante. Elle se souvient des yeux verts posés sur elle. Les siens sont verts également. Même couleur, même souffrance, même peur de l'autre. La jeune fille allait travailler avec Simon sous son regard émeraude, dans un atelier rue Montmartre à Paris. Troublée, Léa allait tomber amoureuse comme on se noie. Chaque fois qu'elle se retrouvait à ses côtés, son cœur battait à se rompre. Pourtant, aucun son ne sortait de ses lèvres, elle ne pouvait lui avouer ses pensées et il ne l'y aidait pas. Cet amour était impossible pour lui, alors il devenait impossible pour elle. Une barrière infranchissable existait et les empêchait de tenter un pas l'un vers l'autre.

L'amour se vit à deux ou ne se vit pas. Il ne reste que le

portrait d'un visage qui s'est éloigné depuis…

Retrouver le cœur qui bat. Son souvenir est toujours si douloureux. Où est-il ? Qu'est-il devenu ? On n'oublie jamais la première fois. Pour Léa, peindre c'est toujours vivre à ses côtés. Quand elle travaille, il reste comme une silhouette familière près du chevalet, lui prodiguant des conseils avisés.

Léa se souvient, elle avait vingt-cinq ans et n'avait encore pas vécu le véritable amour. Elle ne connaissait que des flirts au goût de baisers volés. Son existence a été bouleversée le jour où elle l'a rencontré. Ce coup de foudre l'a fait basculer. Dans l'atelier, Léa n'était jamais tranquille, toujours nerveuse. Elle ne pouvait travailler sagement pendant des heures, concentrée sur sa toile. Simon l'appelait « la petite gazelle ». Animal traqué, déjà rongé par ses démons intérieurs.

Gazelle

La nuit est déjà là, calme, tranquille. Le chat s'est endormi sur le canapé. Léa danse dans la cuisine. Légère, elle grimpe sur le petit réfrigérateur, l'évier. Souple, elle peut bouger ses bras, ses pieds. Cela fait déjà plusieurs jours qu'elle ne dort pas, ou si peu. La jeune fille mange aussi comme un oiseau des bouts de fromage, des yaourts au goût crémeux qui la font vomir. Épuisée, elle a perdu le sommeil et ses nuits sont plus longues que ses jours.

Puis, tout d'un coup, elle sent une présence. Un regard l'épie, la surveille. À la fenêtre, une tête se découpe parfaitement. Elle se trouve en face, à quelques mètres. Léa la voit, elle en est sûre. Vision cauchemardesque, vision d'épouvante. Son cœur s'emballe. Les minutes s'écoulent, interminables. Des yeux métalliques la fixent, si étranges, si brillants dans cette nuit noire. Ce n'est plus un chat qui lui fait peur. L'animal se transforme dans la nuit froide en une créature fantasmagorique.

Régulièrement, l'hallucination revient derrière ses paupières. Maintenant, elle l'accepte dans son cinéma intérieur. Pour faire le portrait d'un félin, il faut en accepter tout son mystère. Aujourd'hui, sur le dessin, l'animal se profile fier et beau, paré d'une sauvagerie merveilleuse.

Toutes ces années n'ont pas effacé les souvenirs. Pourtant, Léa a connu bien des aventures et elle vit autre chose aujourd'hui. Seulement, on ne fait pas toujours les choix que l'on souhaite. Le destin nous permet des rencontres. Ensuite, on continue à deux pour éviter la solitude.

Ses pensées ressemblent à des fragments. Comment les tisser sur la toile ? Léa vit un moment charnière. Au plus profond, elle sent ses métamorphoses. Il ne s'agit pas de changer de destinée, mais de changer d'être. Exister en harmonie avec soi-même. Les toiles qu'elle a éparpillées sur le parquet hier soir sont la preuve qu'elle reste bien vivante. Elle espère un jour trouver une galerie où enfin elles seront exposées, partagées en toute simplicité.

Ce matin, elle sort dans le jardin, goûte une brise légère qui bruisse dans les branches des arbres, écoute le chant d'une cigale qui se cache sous le sapin et regarde le drap blanc qui ondule sous le vent. Plus tard, elle remontera les bords de la rivière pour se promener à l'ombre des vieilles pierres, vestiges des moulins de Pont-Aven. La fin de l'été est douce et si belle dans la cité qui se vide lentement des touristes.

La peinture saisit aussi ses instants de sérénité. Elle est sienne, comme une amie exigeante et libre. Elle reste longtemps dans sa tête et coule à travers ses veines. Elle fait partie de son univers intérieur comme elle donne du sens à sa vie. C'est souvent éphémère, mais bien réel. C'est magique, pense-t-elle en souriant. Elle lui fait du bien et aimerait croire aussi faire du bien à ceux qui regardent ses toiles. Il faut savoir partager ce que l'on crée, ne pas laisser pourrir son œuvre dans des placards poussiéreux. Après, l'art ne donne que des fragments, des instants éphémères. Derrière la vitre, le chat s'étire et regarde le paysage. Ses esquisses sont aussi des fenêtres ouvertes sur le monde.

Revenons à ses souvenirs. C'est après cette histoire d'amour avortée que les troubles de l'humeur se sont accentués. Les symptômes se sont installés : alternance d'états maniaques et dépressifs. Des hauts et des bas. Comme toute maladie, elle isole à la fois dans une grande solitude et une incompréhension de soi-même. Les hallucinations de Léa sont aussi fortes que si elle était sous l'emprise de drogues. Elles continuent à lui faire peur et à lui glacer le sang.

Chien

La nuit tombe. Dans le square, les derniers promeneurs s'en vont, pressés par le froid qui devient plus vif. L'homme âgé est assis sur un banc. Un vieux cabas tout mité lui tient compagnie. Sa silhouette attire les regards de Léa. Elle ne se souvient plus, mais elle est tétanisée par le vieillard. Elle ne peut détacher ses yeux de lui. C'est plus fort qu'elle.

Peu à peu, l'homme se transforme en une créature difforme, comme un énorme chien. Quand enfin il se tourne vers Léa, ses yeux lancent des flammes rouges, incandescentes. Elle est à la fois terrifiée et attirée par cette apparition. Elle reste là sur place, comme aimantée par sa vision, comme glacée par la rencontre avec la mort. Puis, tout se dilue dans le temps et la nuit qui tombe.

Quand on bascule dans la folie, les autres ne comprennent pas. Cela les renvoie à leurs propres peurs. Certains alors s'éloignent à tout jamais. Léa l'a compris, il y a bien longtemps déjà, et le comprend encore aujourd'hui. Beaucoup l'ont rejetée pendant sa maladie et la rejettent encore maintenant.

La folie fait peur, elle dérange, car celui ou celle qui en souffre est toujours responsable. On préfère souvent laisser le malade la vivre seul. On ne veut pas en entendre parler. Le silence s'installe, le secret plombe tout. L'indifférence va de pair avec l'omerta de l'entourage. Léa n'en veut plus à ceux qui se sont moqués, qui l'ont laissée tomber. Elle a appris à faire la part des choses.

Tant pis, elle doit poursuivre son chemin, même avec tous ses morceaux brisés. Elle doit lutter pour continuer à peindre, pour continuer à vivre. Puis elle sait que sa création se nourrit de ses débordements, de sa sensibilité exacerbée. Elle ne croit pas qu'un jour elle pourrait brûler ses toiles. Elles restent trop précieuses, même si personne ne les regarde.

Violence

Léa est terrorisée. Cela fait longtemps qu'elle ne retrouve plus sa voiture. Elle s'est arrêtée, l'a laissée dans un fossé. Embardée, choc. Elle ne sait plus. Tout tourne dans sa tête. Épuisée, elle marche sur la route de campagne. Un camion s'arrête, l'homme est barbu, un peu gras. Sur son tableau de bord, une photo rappelle sa petite famille. Léa s'installe et engage la conversation sur le temps qu'il fait. Une douceur de printemps. Il est un peu surpris par cette fille. Elle semble tellement ailleurs. Quand il arrête son camion, il sait sûrement ce qu'il veut. Tout se passe très vite. Il se jette sur Léa, essaie de lui arracher son jeans. Coup de pied, coup de poing, elle se débat comme une tigresse. Elle trouve la poignée de la porte et s'enfuit en courant. Le chauffeur ne cherchera pas à la retrouver. Les gendarmes embarqueront Léa une heure plus tard. Avec un placement d'office, elle sera directement envoyée en hôpital psychiatrique. C'est souvent si difficile de croire des malades mentaux. Pourtant ce n'était pas une hallucination ni un délire. Les violents s'attaquent toujours aux plus faibles. Son silence restera, lui, bien réel. De toute façon, personne ne souhaitait l'écouter.

La toile fixe les empreintes de cet homme, portrait-robot pour une gendarmerie qui n'allait pas écouter les délires d'une folle. Un malade peut dire la vérité, mais souvent on ne veut pas le croire.

Quand l'esprit flanche, ses angoisses, ses cauchemars reviennent. Elle n'a souvent pas envie de peindre le présent, mais de se pencher sur le passé. Sur sa palette de couleurs, elle cherche à photographier ses souvenirs. Pourtant, cela lui échappe souvent. La mémoire lui joue des tours, s'estompe avec le temps qui passe. L'âge n'arrange rien, il s'installe et vous aspire vers moins de vivacité, moins de courage. Léa n'est plus sûre de reconnaître certaines personnes croisées il y a vingt ans. Sur ses toiles, elles restent alors comme des témoignages du passé.

La vie de Léa n'est pourtant pas sans joie ni bonheur. Au cœur de la Bretagne, elle a trouvé un cocon protecteur où elle peut peindre en toute liberté. Ici, elle a découvert une solitude paisible et sereine. Le calme d'une existence rangée vaut bien les agitations d'une jeunesse débridée. Passée la quarantaine, il est temps de prendre soin de soi et de son bien-être. Elle ne cherche plus les sorties, la passion qui détruit. Elle reste aujourd'hui à côté de son compagnon et de sa peinture, rassurée par ces deux présences bienveillantes. La vie à deux n'est pas un long fleuve tranquille. Cependant, elle vaut bien celle d'autres vieux couples tendres et complices.

Beaucoup de toiles habitent dans l'atelier. Cela peut s'enchaîner comme un kaléidoscope. Les visages se superposent, les prénoms se confondent et peuvent, si on le souhaite, se rejoindre. Dans un monde si souvent déshumanisé, chacune cherche son identité ou fuit pour mieux se retrouver. Sous nos paupières, de simples esquisses peuvent se dessiner. À chacun, d'une main légère, d'accompagner le pinceau, de suivre le geste et de terminer la peinture.

Passons ainsi à d'autres couleurs, d'autres regards, d'autres histoires, d'autres portraits de femmes. Reste si peu, au bout du compte, quand la mort arrive sans crier gare.

Les oubliés du bitume

Le soleil est à peine levé sur la ville. Les brumes de la nuit laissent lentement la place à un petit matin frileux. Ce samedi 3 avril, Nantes se réveille doucement. À 6 heures, les camions arrivent peu à peu pour décharger leurs marchandises sur le marché de l'île Gloriette. Chacun cherche sa place habituelle, se frayant un chemin entre les barres de fer et les toiles des auvents. Toutes les cargaisons doivent être déchargées le plus rapidement possible. Ensuite, il faut installer les étals de légumes, de viande, de fromages, tendre les cintres pour les vêtements neufs et coller les dernières étiquettes.

Sara conduit le camping-car en marche arrière. Elle doit le garer au millimètre à l'angle de la médiathèque et du café-tabac. L'endroit lui a été attribué en dernier ressort par les services municipaux, et chaque fois la manœuvre s'avère délicate. Cependant, elle n'avait pas le choix : pour se faire accepter sur le marché, l'autorisation était nécessaire. Comme d'habitude, elle craint de rayer la belle carrosserie rose de l'engin. Par sa couleur, le véhicule est facilement repérable, et souvent les passants s'arrêtent pour l'admirer. L'inscription « Toutous Services » s'inscrit en jaune vif sur toute sa longueur. La jeune fille a souhaité que son véhicule professionnel soit hors du commun pour le métier qu'elle exerce. Aujourd'hui, une vieille dame le regarde fixement, serrant contre ses genoux son cabas de poireaux et de salades, au cas où sa conductrice aurait la malheureuse idée d'écraser les courses de la semaine.

Au chômage pendant deux ans, Sara a cherché longtemps comment s'en sortir. La jeune fille a connu le porte-monnaie vide, les découverts en milieu de mois, la galère dans des logements miteux et invivables. Les rares entretiens de recrutement ne débouchant sur rien, elle s'est décidée à créer son emploi. Depuis six mois, en tant qu'auto-entrepreneur, elle a enfin trouvé son bonheur. Bien sûr, elle est souvent submergée par les papiers à remplir et son travail nécessitera du temps avant de devenir rentable. Pourtant, pleine de bonne volonté, elle vit avec passion sa nouvelle activité. Dans son camping-car rutilant, elle sillonne les routes du département, proposant un service itinérant de toilettage pour chiens. Elle a maintenant sa petite clientèle attitrée, qui trouve dans ses prestations le bonheur de ne pas avoir à se déplacer pour chouchouter son animal préféré. Chaque jour, elle part ainsi sur les communes de Loire-Atlantique jusqu'à la côte, se garant le plus souvent sur la place du village.

Le mercredi et le samedi matin, Sara s'installe sur le marché nantais pour les SDF. Elle n'a pas oublié ses années de misère et veut venir en aide à ceux qui vivent dans la rue. Elle a décidé de toiletter gratuitement les chiens des personnes qui n'ont pas les moyens de s'offrir ce luxe. Les rendez-vous hebdomadaires ne sont pas une contrainte. Peu à peu, elle a tissé des liens, fait des rencontres hors du commun avec les oubliés du bitume et leur compagnon à quatre pattes.

Ainsi, Serge, l'ancien para, fait la manche place Royale

depuis « perpette » avec son fox-terrier Mika. L'animal commence à souffrir de polyarthrite, Sara le traite avec délicatesse. Tonio, l'Espagnol, immigré en France depuis une vingtaine d'années, arrive à travailler parfois sur des chantiers pour acheter des boîtes de pâté à Ulysse, son berger allemand. L'animal adore les shampooings et se laisse facilement asperger de produits antiparasitaires. La jeune Dina s'est retrouvée à la porte de chez ses parents après une dernière et violente dispute et apporte à Lester, son caniche nain, toute sa tendresse. Le petit chien caché dans la poche intérieure de son blouson aime peu le toilettage et il faut déployer des trésors de patience pour qu'il ne s'agite pas. Sara n'oublie pas les autres, qui viennent de plus en plus facilement au camping-car. Le bouche-à-oreille fonctionne bien et ses services commencent à jouir d'une excellente réputation. Elle a su comprendre l'importance des compagnons à quatre pattes et, malgré les réticences de leur propriétaire, percer bien des carapaces.

Ce matin, elle nettoie sa mini-baignoire, dispose ses brosses et ses serviettes, vérifie l'affûtage des ciseaux et le bon fonctionnement des tondeuses. La porte du camping-car est largement ouverte, il ne manque plus que les premiers visiteurs habituels : Tonio et son fidèle Ulysse. 8 heures, deux jeunes skins sont venus avec un dogue qu'il a fallu maintenir fermement pour le laver et le frotter, car le chien n'avait pas vu une brosse depuis une éternité. Quand Dina arrive, l'Espagnol ne s'est toujours pas présenté. Elle semble inquiète, Sara a remarqué ses signes d'impatience tandis qu'elle attendait devant le véhicule.

— Ça va pas, Dina ?

— Pas trop, Tonio a disparu depuis deux jours.

— Comment ça, disparu ?… T'en es sûre ?

— Oui, c'est pas normal. Il vient chaque matin à *La Mie de Pain*, prendre un p'tit dej. Là-bas, ils l'ont pas vu depuis jeudi.

Sara connaît aussi l'association qui offre des déjeuners aux SDF. Les bénévoles préparent des repas chauds et aident le plus possible les pauvres du centre-ville de Nantes. La jeune fille sait que Tonio aime cet endroit où on ne lui pose pas trop de questions.

— Il y a quelque chose qui cloche. J'aurais déjà dû le voir ce matin avec Ulysse.

— Qu'est-ce qu'on fait ?

— On va attendre. Je vais m'occuper de Lester. Et puis vers midi, s'ils ne viennent pas, on part à leur recherche !

— D'accord, on fait comme ça ! Toutes les deux, on a plus de chance de le retrouver !

Entre les visites qui s'enchaînent et le toilettage des chiens, la matinée passe vite. Pourtant, les deux jeunes filles sont soucieuses. Dina se ronge les ongles, assise sur une chaise pliante devant le camping-car, Lester blotti dans son blouson. Sara s'active, espérant désespérément apercevoir la silhouette voûtée de Tonio se découper sur la vitre. Seulement, l'homme et son chien ne se montrent pas devant elle.

Vers midi, Sara, de plus en plus inquiète, décide d'arrêter de travailler. Après un dernier tour de clé dans la serrure, les deux filles partent à la recherche de l'Espagnol. Elles prennent le tram, direction les bords de l'Erdre. Le SDF a son banc attitré en face de l'île de Versailles et, aux dernières nouvelles, il travaillait au noir sur un chantier rue de Bel-Air, au-dessus des quais. Sara et Dina, assises l'une à côté de l'autre, restent silencieuses pendant le trajet. Tonio semble un homme qui ne cherche pas les ennuis, mais s'il s'est fait agresser, il sera difficile de retrouver sa trace.

Une fois descendues du tramway, elles marchent d'un bon pas le long de la rivière. L'angoisse de Dina est presque palpable et Lester s'est accroché à son épaule dans un élan protecteur :

— Si on le trouve pas ? Qu'est-ce qu'on fait ?

— Attends, on va jusqu'au banc. S'il n'y est pas, on demande au café en face ! Pour l'instant, on panique pas, d'accord ?

— Si ça se trouve, il est parti !

— Je pense pas ; il est ici depuis tellement longtemps. Et il aurait prévenu.

Le banc de Tonio est désespérément vide, aucune trace de l'homme ni d'Ulysse. Quelques papiers jonchent le sol, nul indice ne prouve qu'il a pu passer la nuit ici. Pourtant, il tient à cet endroit paisible qu'il occupe depuis des mois. Par un accord tacite, la police le laisse tranquille s'il ne dérange pas le voisinage.

Au *Chat Blanc*, la patronne est bien embarrassée : « Oui, elle connaît Tonio qui vient parfois chercher un sandwich. Comme sa terrasse donne sur les quais, elle jette souvent un œil sur les bords de la rivière. Cela fait plusieurs jours qu'elle ne l'a vu ni pendant la journée ni le soir quand il installe sa couverture pour la nuit. Désolée, elle ne peut leur en dire plus. »

En sortant du bar, les deux filles décident de remonter

vers le chantier de la rue de Bel-Air. Si le SDF travaillait au noir, on pourra peut-être les renseigner. Le bâtiment en construction se tient entre deux immeubles. Des grilles l'entourent et une grue se dresse au milieu des parpaings. Le samedi, les ouvriers ne travaillent pas et le lieu semble désert. Sara et Dina trouvent une brèche dans la clôture et, sans se concerter, se faufilent à l'intérieur. Elles avancent difficilement entre les pierres et les fils de fer, à la recherche de la moindre piste.

Quand elles entendent les aboiements d'un chien, elles savent qu'elles ont peut-être trouvé. Sara appelle doucement plusieurs fois Ulysse ; l'animal connaît sa voix et devrait se précipiter en frétillant vers son amie. Quand il arrive en boitant d'une patte, les deux filles comprennent qu'il s'est passé un drame. Une profonde entaille remonte sur sa cuisse, le sang a séché, mais il ne peut pas marcher normalement. Il faut vite retrouver Tonio. Sarah caresse doucement le chien et lui demande de les mener à son maître. Elle sait que l'animal est resté près de lui.

Quand elles arrivent, l'Espagnol est allongé, inconscient sur le ciment. Il a reçu des coups sur le visage, mais il respire encore. Sara appelle immédiatement les secours, en espérant qu'elles ne sont pas arrivées trop tard.

Les pompiers transportent le blessé qui souffre de multiples contusions. Ils ne peuvent donner plus d'indications aux deux filles et Dina décide de les accompagner à l'hôpital. Les policiers interrogent Sara sur l'agression, mais comme elle ne sait rien, ils attendront de pouvoir poser des questions à l'Espagnol, au centre hospitalier. Puis, comme lui rappelle un inspecteur, les agressions entre SDF sont monnaie courante. Tonio a eu de la chance qu'elles s'inquiètent de son sort.

Sara retrouve la laisse d'Ulysse et l'attache sans difficulté. L'animal la regarde, confiant, acceptant de la suivre. De toute façon, il n'est pas question qu'elle remette le chien à la fourrière ou à la SPA. Tant pis, elle va s'en occuper. Il est docile et devrait s'adapter à la vie dans le camping-car qu'il connaît déjà.

Pendant plusieurs semaines, Sara continue de veiller sur Ulysse, qui s'avère un compagnon discret et facile à vivre. Sa blessure s'est cicatrisée et il peut gambader sans difficulté. Tonio se remet doucement de son agression à l'hôpital. Attaqué un soir à l'heure de la débauche, il n'a pas pu se défendre contre deux individus munis de barres de fer venus voler les compteurs électriques installés sur le chantier.

Ce matin, Sara masse délicatement les pattes arrière de Mika, le fox-terrier de Serge. Le petit chien a de plus en plus de mal à trotter derrière son maître et sa vieillesse l'inquiète. Serge, qui caresse sa tête, lui raconte ses derniers voyages au bout du monde pour calmer son inquiétude.

Quand Ulysse, assis sur une chaise, lève la tête et aboie joyeusement, la jeune fille comprend que Tonio, sorti de l'hôpital, est venu le plus vite possible. Les retrouvailles joyeuses qui s'ensuivent détournent la tête des passants du marché.

Avant de s'évanouir, les ombres de l'homme et du chien se dessinent sur la carrosserie du camping-car, sous le regard enchanté de Sara.

Le conte de la nuit

Il est un monde qui peut-être n'existe que dans nos rêves, dont les contours se dessinent chaque nuit avec ses formes et ses couleurs. On peut trouver les clés d'un songe, entrer dans son imaginaire et le lire comme un conte jamais très loin d'une vérité.

Un vent glacial souffle autour des bulles. Le soleil reste à jamais un astre noir. Les arbres sans feuilles semblent calcinés et grandissent comme des pantins désarticulés et rachitiques. De rares plantes poussent à leur pied. Les fleurs ont disparu. L'air est si rare. Les humains vivent sous des bulles, « des cloches », comme ils disent. Elles s'éparpillent comme des champignons sur la terre et brillent dans l'obscurité perpétuelle. D'énormes ordinateurs régissent ce nouveau royaume. Des caméras surveillent les moindres faits et gestes et on doit suivre le programme assigné : école, travail, repos. Chacun communique par écran interposé et vit presque cloîtré sous le dôme de sa maison toujours éclairé. Les télévisions restent perpétuellement allumées et diffusent sans discontinuer leurs flots d'images et de couleurs anesthésiantes. Les machines éclairent sans fin une nuit devenue éternelle. Car le jour a disparu. Le temps poursuit bien sûr sa fuite, mais les heures ne s'égrènent plus avec l'apparition et la disparition du soleil. Le noir domine et les rares lumières n'ont plus rien de naturel.

Julia est encore une enfant. Elle reste souvent seule. Son père travaille beaucoup, au milieu des machines, et la laisse dans sa bulle où personne ne trompe son ennui. Sa mère a disparu sans explication, juste après sa naissance. Elle mange des pilules insipides, joue avec sa console vidéo durant toute la journée et dort sous des néons artificiels, dans une coquille qui la protège du monde extérieur. Elle suit ses cours avec son ordinateur et ne peut voir ses amies qu'avec une webcam. Elle rêve pourtant d'aventures qui éclaireraient son existence si obscure. Elle sait qu'il est sans doute un univers plus beau, plus vivant que la nuit continuelle. Sur les traces de sa mère, elle rêve d'un ailleurs où la vie serait moins étouffante et ennuyeuse.

En un jour indéfini, à une heure imprécise, Julia décide de quitter le monde des ténèbres et de chercher la lumière. Trompant la vigilance des caméras de surveillance, avec sa combinaison et son masque, elle sort avec précaution de sa coquille. Personne ne s'est jamais aventuré trop loin des bulles. Chacun reste calfeutré dans sa solitude, redoutant de quitter son confort, endoctriné par un gouvernement qui interdit toute désobéissance.

Une fois le sas ouvert, elle part d'un pas décidé. Après une heure de marche, l'obscurité reste totale. Elle commence à ressentir la faim et la soif, elle n'a prévu aucune pilule pour se nourrir et sa combinaison commence à être lourde à porter. Le sol devient glissant, ses pas se font hésitants. Le noir l'étouffe et Julia cherche désespérément une porte de sortie, une lumière qui lui indiquerait un chemin. Un moment, fatiguée, elle s'assoit pour pleurer à chaudes larmes. Jamais elle n'aurait dû s'en aller. Elle est trop jeune pour l'aventure et seule, elle ne pourra pas s'en sortir. La jeune fille de la nuit hésite, doute de trouver des réponses à ses questions intérieures. Elle s'est peut-être enfuie précipitamment et risque de regretter son escapade improvisée et dangereuse.

Tout à coup, une petite lumière clignotante virevolte autour de sa silhouette et se pose sur sa main. Elle la regarde de plus près et découvre avec des yeux ébahis un minuscule robot aux yeux phosphorescents. Doucement, il lui murmure : « Je m'appelle Eliot, je suis venu pour t'aider, Julia. Tous les deux, nous allons trouver le royaume du Jour que tu cherches sans le savoir et tu verras, c'est encore plus beau que ce que tu crois. » La jeune fille ravale ses larmes et regarde en souriant ce nouveau compagnon.

Ils partent tous les deux, d'un bon pas. Eliot tourbillonne devant Julia. Son aura lumineuse lui ouvre la route. Elle le suit, confiante et rassurée par ses paroles encourageantes. Son nouvel ami n'arrête pas de parler, de lui décrire le royaume extraordinaire, il lui redonne espoir et foi en l'avenir. Elle n'est plus seule et a trouvé un robot pour la guider dans un nouveau monde mystérieux. Tous ses doutes se sont évanouis, elle ne fera pas machine arrière.

Bientôt, une calme brume remplace la nuit, puis le jour apparaît. Son regard rencontre pour la première fois des couleurs naturelles et douces. Julia découvre des arbres qui déploient des branches majestueuses couvertes de feuilles vertes, des fleurs multicolores dont les pétales délicats restent soyeux au toucher. Un arc-en-ciel se déploie même entre deux collines devant ses yeux ébahis. Elle glisse sur des tapis d'herbes, comme des pelouses douces et ouatées. Elle peut enfin enlever son masque. L'air est frais dans sa gorge irritée. Ici, on peut respirer normalement, l'atmosphère n'est pas polluée. Les arbres lui offrent des fruits magnifiques qu'elle mange goulûment. Des animaux curieux courent autour d'elle. Certains s'approchent et se laissent doucement caresser. Elle se sent mieux, comme apaisée. Toute cette nature dont elle ne soupçonnait pas l'existence est accueillante. Émerveillée, Julia poursuit sa route. À chaque enjambée, elle est enchantée de ses nouvelles découvertes.

La nuit a disparu, elle peut enfin vivre dans une lumière où elle voit tout dans les moindres détails. L'éden est enivrant et accueillant. Sa quête est enfin récompensée, elle se sent délivrée et heureuse d'avoir réussi à quitter son existence antérieure. Elle comprend que la vraie vie est ici, le monde d'où elle arrive est trop aseptisé. Le soleil reste une auréole chaude et bienveillante au-dessus de sa tête, ses rayons réchauffent sa peau. Les couleurs ont remplacé l'obscurité.

Eliot l'emmène dans une clairière. Julia découvre des petites maisons accueillantes entourées de jardins bien entretenus. Un peu terrifiée, elle sait aussi qu'elle ne peut continuer à vivre solitaire dans la nature. Elle doit surmonter son appréhension et retrouver les hommes. Alors, elle avance vers le village d'un pas décidé. Les enfants courent à sa rencontre en riant. Bientôt, tous les habitants sont là. Les regards posés sur elle l'intimident. Elle ne sait quoi dire. Un homme se détache de la foule, s'approche et lui serre délicatement la main. Ses paroles sont douces et rassurantes : « Tu es la bienvenue, je suis le chef de la communauté. Tu peux rester au village autant que tu le veux. Nous sommes des paysans. Nous vivons simplement de la terre, de la nature et du soleil. Ici, tu ne trouveras ni machine, ni télévision, ni ordinateur, ni téléphone. Le monde d'où tu viens est pollué par les modes de communication, les biens de consommation. Les hommes que tu as côtoyés se croient plus forts avec leurs gadgets, alors qu'ils ont annihilé leur pensée, se rendant presque robotisés. On a oublié les vraies valeurs, les machines ont remplacé les liens entre les gens, alors l'obscurité s'est installée. Pour nous, maintenant, l'essentiel est ailleurs. Nous avons oublié et banni de nos vies ce progrès qui n'en est pas un. Les ouvrages restent notre mémoire collective et tu trouveras ici une bibliothèque pour lire, écrire, apprendre et répondre à toutes les questions qui te semblent indispensables. Si tu restes avec nous, le royaume du Jour deviendra ton monde et tu oublieras la nuit éternelle. »

Pendant plusieurs jours, Julia s'habitue à sa nouvelle vie. Elle trouve une famille qui l'héberge et l'accueille avec sympathie. Naturellement, elle se fait une place dans la communauté. Elle apprécie de pouvoir se promener sans contrainte à l'air libre. Elle travaille aussi dans les champs, où elle comprend l'importance des plantes et des animaux pour se nourrir. Avec ses nouveaux amis, la jeune fille joue pendant des heures dans les bois et les prés autour du village. Le soir, elle se couche fatiguée mais heureuse, rassasiée par ses journées passées à l'extérieur. Son corps s'habitue à reconnaître le rythme des saisons. L'hiver, les manteaux de neige recouvrent les terres. Au printemps, les couleurs chatoyantes s'éparpillent dans les champs. Les ombres des arbres apportent l'été une fraîcheur bienveillante. Elle glisse avec délice sur les tapis de feuilles automnales.

Elle oublie peu à peu le royaume de la Nuit. Seul son père lui manque parfois. Elle demande à Eliot, le messager, de lui transmettre un message : « Papa, je t'aime et je reviendrai plus tard. Ne t'inquiète pas, je suis heureuse. » Souvent elle pense à sa mère, espérant la croiser au hasard d'une ruelle. La jeune fille espère qu'elle a trouvé le monde du Jour et qu'elles pourront se revoir, libérées des années d'obscurité.

Chaque matin, elle va avec d'autres enfants dans la bibliothèque découvrir les livres. Le bâtiment est sacré pour les membres de la communauté, qui aiment passer des heures à étudier sur des longues tables en bois. Elle aime l'odeur si particulière, les mots qu'on peut interpréter à sa manière. Ici, on peut se créer les couleurs de son propre univers, vivre avec ses personnages, décider si on le souhaite de changer la fin de l'histoire. L'image n'est jamais formatée ni imposée par un écran interposé, elle n'est que suggérée. Les pages écrites sont plus passionnantes et magiques, car elles permettent de penser. La jeune fille se forge son intelligence et sa liberté.

Julia, l'ombre de la nuit, est devenue un papillon du jour. Les machines, les ordinateurs ne lui manquent pas. Le dernier appareil à la mode, signe du progrès, ne vient que satisfaire un désir éphémère. Elle comprend que là n'est pas l'essentiel, que le monde de la Nuit transforme peut-être les hommes en robots sans qu'ils le sachent, à la recherche de ce dont ils n'ont pas forcément besoin. Le plus important restera toujours la chaleur intense et sincère d'un regard. Elle vit maintenant heureuse au royaume du Jour.

Ainsi s'achève notre histoire. Ce n'est peut-être qu'un

conte, me direz-vous, même si nous ne racontons plus guère de contes à notre époque. S'ils restent pourtant dans notre imaginaire collectif, c'est bien qu'ils ouvrent une porte, même légère, sur notre réalité.

Certains peuvent aussi penser aux rêves d'une enfant trop lucide au sujet du monde qui nous entoure. D'un souffle doux et aérien, on peut encore la réveiller.

Laissons alors Julia revenir d'elle-même à la réalité.

Le portable coupé

Le costume d'Arlequin trône sur la table de la cuisine. Des rubans, des pièces de tissu jonchent le sol. On entend le bourdonnement de la machine à coudre. Amalia travaille penchée, cousant sans relâche. Les losanges noirs et blancs doivent être parfaitement alignés. Des gouttes de sueur perlent sur son front et elle doit souvent essuyer ses mains moites au torchon accroché à sa jupe. Sa commande ne peut pas attendre. Elle doit la terminer impérativement pour le lendemain. Le livreur passera dans la matinée, les répétitions commencent dans quelques jours et les essayages sont indispensables pour prévoir les éventuelles retouches.

Comme tout artisan, elle aime sa profession. Costumière, elle pique les étoffes de taffetas, de tissus divers et variés avec minutie, remettant sans cesse son ouvrage sur le métier, raffinant chaque détail. Elle ne ménage ni son temps ni son talent, pour que tout soit parfait. Chaque pièce ainsi créée est unique. L'acteur épouse son costume comme une seconde peau ; le vêtement ne doit pas entraver le moindre de ses mouvements, mais l'embellir d'une aura unique sur la scène. Elle participe ainsi à la beauté du spectacle, de la pièce de théâtre.

Quand sa fille rentre du collège, Amalia lui laisse un peu de place sur la table. L'appartement de trois pièces situé à Belleville nécessite un rangement constant pour que chacune puisse trouver sa place ; elles ont ainsi l'habitude de partager leur espace vital. L'heure du goûter est sacrée pour Lydia. Sa mère se demande d'ailleurs si elle avale seulement quelques miettes de son plateau-repas à la cantine. Entre le chocolat et les tartines, elle montre un appétit d'ogre. Elle dispose alors sur la nappe un repas pantagruélique. Pourtant, aujourd'hui, le cœur n'y est pas. Lydia s'assoit silencieusement en face de sa mère. Elle semble n'avoir pas faim et remue pensivement sa cuillère dans son bol. Les grands yeux noirs la regardent tristement. Ses deux mains encadrent un petit visage fatigué, désabusé.

— Qu'est-ce qui se passe ?

— Rien.

Dans ce « rien », il y a beaucoup de choses, de secrets. Amalia connaît trop bien sa fille pour s'arrêter là. Elle débranche sa machine à coudre et la dévisage d'un air interrogateur.

— Bon, je t'écoute. Raconte-moi.

— C'est les garçons. Je sais pas comment te dire. C'est pas de ma faute, j'ai rien fait, je te jure !

— Quels garçons ?

— Au collège, ceux de ma classe. Ils ont demandé à la nouvelle fille de l'école d'enlever ses vêtements. Ils l'ont filmée. Ils ont envoyé la vidéo sur les portables. Je l'ai reçue moi aussi.

Amalia sent une nausée lui remonter du fond de la gorge. Elle sait ne pas souvent comprendre les jeunes. Là, c'est trop. Une vraie colère commence à sourdre dans sa poitrine, à lui enserrer les tripes. Elle n'ose penser à ce qu'elle va découvrir sur le portable de Lydia. Pourtant, elle doit prendre son courage à deux mains et regarder.

— Bon, montre-moi ton portable !

Les images défilent sous les yeux horrifiés d'Amalia. On voit trois adolescents ordonner à cette gamine de se déshabiller en riant. La jeune fille se débat, pleure, mais ils continuent, insensibles à sa souffrance, l'humiliant encore plus. La dernière image la montre se cachant en sous-vêtements derrière un bosquet. Devant elle, les jeunes, cagoulés pour qu'on ne reconnaisse pas leur visage, hurlent une joie malsaine, se trémoussent en riant bêtement.

— Où et quand cela s'est-il passé ?

— À la sortie des cours, dans le parc à côté du collège. Tout le monde dans ma classe a reçu le message. On n'a pas vu Sarah depuis plusieurs jours. Elle n'est pas restée longtemps à l'école.

— Sarah est juive ?

— Je sais pas !

— Qui t'a envoyé cette vidéo ?

— C'est un numéro caché. Dis maman, pourquoi ils ont fait ça ?

Lydia regarde sa mère, espérant trouver des réponses à ses questions.

Amalia réfléchit à ce qu'elle vient de voir. Ces jeunes garçons semblent refaire le conflit palestino-israélien à la sortie des cours, sans y comprendre grand-chose d'ailleurs. Ils jouent à la guerre, à la violence. Comme le montrent les images et leurs paroles, leur antisémitisme est difficile à comprendre chez des Arabes encore si jeunes. Ils veulent se venger en humiliant une jeune fille innocente, lui reprochant avant tout d'exister. Leur haine et leur bêtise sont insoutenables. Ils n'ont aucune idée du mal qu'ils peuvent engendrer.

— Ils sont au courant dans ton collège ? Le proviseur, les surveillants, ils ont vu la vidéo ?

Lydia hoche négativement la tête. Devant la colère de sa mère, elle se demande si elle a bien fait de l'informer.

— Je suis pas sûre. Les garçons crânent avec cette histoire depuis plusieurs jours. Maman, je trouve pas ça bien.

— Non, ce n'est pas bien du tout. Je vais prévenir ton collège.

— Non, je vais passer pour une balance !

— Tant pis, il faut que tu comprennes que c'est grave, ce qu'ils ont fait. Tu n'as pas à recevoir des vidéos sur ton portable. Ils doivent être punis, ils vont trop loin. J'espère que les parents de Sarah ont porté plainte !

Amalia réfléchit, elle sait que sa décision ne va pas plaire à sa fille, mais elle préfère la mettre à l'abri d'images violentes.

— Je ne veux pas que tu aies pour l'instant un portable.

— Mais, tout le monde en a un !

— Tant pis, tu es trop jeune. Je trouve que les téléphones sont dangereux. Tous les messages que vous envoyez sont violents. Je ne comprends pas à quoi vous jouez. Tu ne dois pas participer à ça. Tu n'auras plus accès aux vidéos. C'est malsain. Je suis peut-être ringarde. Je pense que c'est mieux pour toi… Tu auras un portable plus tard, quand tu seras au lycée. Je me demande d'ailleurs s'il ne faut pas instaurer un âge minimum pour en avoir un.

— On va se moquer de moi !

— Je pense pas ! Ce n'est pas une obligation, je me trompe ?

Lydia ne comprend pas toutes les paroles qu'elle entend. Son regard reste dubitatif. Déçue, elle n'ose pour l'instant opposer de résistance à sa mère. Sans portable, elle risque de passer pour une originale au collège.

Amalia espère que d'autres parents réagiront comme elle. Elle ne peut s'empêcher de penser à la jeune Sarah, victime de l'horreur d'adolescents inconscients. Dans notre monde d'images, tout va très vite, trop vite. En quelques secondes, des photos volées peuvent être transmises sur un réseau social ou un téléphone. Il faut protéger les enfants des gadgets qu'ils pensent maîtriser, des objets de la société de consommation prétendument indispensables. Les nouvelles technologies lui font peur, elles ne lui semblent pas être miraculeuses. Elle a du mal à croire qu'on peut faire et défaire des révolutions avec des portables.

Amalia appelle le collège. Un surveillant lui apprend que la jeune Sarah ne retournera pas dans la même école que sa fille. Ses parents ont décidé de la scolariser ailleurs. Traumatisés, ils espèrent qu'elle va pouvoir oublier ce qu'elle a vécu. Les trois garçons ont été priés de se présenter au commissariat et la convocation devrait les dissuader de recommencer leurs méfaits.

Amalia se demande si elle protège assez Lydia de tous les dangers du monde extérieur. Elle veut créer une bulle autour de son enfant, pleine de douceur et de sécurité. Seulement, elle reste seule à l'éduquer et ne peut empêcher sa fille de grandir dans une société si peu rassurante et pleine de tentations pas toujours louables. Elle souhaite tellement que Lydia garde à l'avenir sa fraîcheur et son humanité.

Lydia continue de regarder sa mère silencieusement.

Après son appel au collège, elle sait qu'elle pourra difficilement la faire changer d'avis. Elle devra donc pour l'instant vivre sans portable et accepter les moqueries de ses camarades.

Amalia prend l'appareil sur la table, efface les messages enregistrés et le range dans un tiroir de la cuisine.

Alors qu'elle trie les bobines et les tissus sur la table selon leur couleur, Lydia commence à l'aider, reproduisant avec application ses gestes. Ce n'est pas son habitude. Elle ne semble jamais trop s'intéresser à son travail, préférant le soir se réfugier dans sa chambre. Pourtant, à ce moment-là, elle a besoin de se rapprocher d'elle, d'être rassurée par sa présence. Ses devoirs, ce soir, attendront.

La jeune fille et la mère se sourient, penchées sur la table de la cuisine, attentives à leur travail de couture.

Comme un fil cousu entre leurs deux cœurs.

Le bracelet berbère

Sur le port de Lampedusa, Jenna suit des yeux le bateau des garde-côtes qui va bientôt remonter l'ancre et quitter les quais. Elle sait que les hommes partent patrouiller en haute mer pour surveiller toute embarcation qui arrive et souhaite accoster. Sous le soleil, la jeune femme transpire, son jeans lui colle aux cuisses et son pull est trop épais pour la chaleur épaisse de la fin d'après-midi. La place est presque déserte, les Italiens craignant d'affronter la canicule de cette journée de juillet. Comme ses jambes flageolent, elle va s'asseoir sur un banc à l'ombre d'un palmier. Régulièrement, sa tête tourne et sa vue se brouille, elle a alors besoin de s'allonger au calme pour récupérer. Elle reste encore en convalescence et choquée par les derniers jours qu'elle vient de vivre.

Les images du naufrage reviennent en boucle devant ses yeux, même si elle veut les chasser. Le drame l'a profondément traumatisée et elle doit continuer à vivre avec ses souvenirs qui la hantent.

Pour arriver en Europe, Jenna a failli mourir. Pourtant, l'avenir reste incertain et présage encore les aventures qu'elle devra rencontrer. Elle sait que ses rêves d'une autre vie, dans un autre pays, peuvent avorter. Elle n'est pas à l'abri d'une expulsion, d'un retour à la case départ : la Libye. Pour l'instant, elle savoure le bonheur d'être vivante après tout ce qu'elle vient de traverser. Ses doigts touchent délicatement le bracelet qui la protège, dont pour rien au monde elle ne veut se séparer, et qui brille sous le soleil. Elle pense à sa mère et espère qu'elle va bien et ne souffre pas trop de l'absence de sa fille.

Étudiante à Tripoli, Jenna a vécu la révolution arabe d'abord pleine d'espoir, enthousiasmée par les soulèvements du peuple opprimé, puis de plus en plus résignée, déçue par les décisions du gouvernement nouvellement élu. À la faculté, un groupe d'intégristes rendait le port du voile obligatoire, certains cours étaient censurés. Dans la ville, les troubles n'étaient toujours pas terminés. Les tirs de kalachnikovs, les représailles au coin des rues rendaient les déplacements difficiles, voire impossibles. Les habitants vivaient encore calfeutrés, n'osant sortir de peur d'être fouillés ou arrêtés par les milices qui contrôlaient la ville. On dénonçait facilement les prétendus opposants au nouveau régime, les nostalgiques du colonel Kadhafi.

Jenna a compris que le chemin est long pour obtenir plus de liberté et de démocratie. Il ne suffit pas de renverser un dictateur pour enfin jouir des droits d'égalité et vivre dans la dignité. Les mentalités bougent moins vite que les messages envoyés sur les réseaux sociaux. L'étudiante craignait que la loi islamique rende le statut des femmes encore plus fragile. Si la Charia se mettait en place, on n'accepterait pas facilement qu'elle poursuive ses études et qu'elle fasse le métier auquel elle aspire. Une femme avocate en Libye n'est pas encore d'actualité.

Il y a quinze jours, Jenna a décidé de quitter son pays. L'avenir lui semblant dans une impasse, c'est ailleurs qu'elle allait trouver un sens à son existence. Quand elle a annoncé son départ à sa mère, celle-ci a d'abord tenté de la faire changer d'avis, ne comprenant pas son désir d'indépendance. À travers ses pleurs, la vieille femme exprimait son désespoir. Ses enfants l'abandonnaient pour trouver à l'étranger une vie meilleure. Elle se demandait si un jour ils reviendraient, si elle pourrait de nouveau les serrer contre son cœur. Avant de voir sa fille partir, elle a pris sa boîte à bijoux et lui a offert un bracelet berbère pour qu'elle n'oublie pas ses origines.

Une fois rentrée dans sa chambre d'étudiante, Jenna a enlevé son hijab, rasé ses cheveux avec soin et s'est comprimé la poitrine avec une bande adhésive. Pour fuir Tripoli, elle devait ressembler à un homme, oublier sa féminité pour avoir toutes les chances de réussir son projet. En tant que femme musulmane, sa transformation n'était pas sans risques. Si on découvrait la supercherie, elle pouvait croupir en prison. Emportant toutes ses économies, elle est partie sans se retourner sur les bâtiments de l'Université. Silhouette androgyne, elle a traversé les rues de la ville pour atteindre la gare routière, se méfiant de tout groupe d'individus qu'elle pouvait croiser.

Durant plusieurs heures, un bus brinquebalant l'a conduite à Zwarah, sur la côte. Elle a prié pour qu'il ne soit pas arrêté par les jeeps qui le doublaient. Arrivée sur le bord de mer, elle a attendu que la nuit tombe sur la plage avec d'autres compagnons au départ. Cachés dans les dunes, ils sont restés à l'affût, craignant de voir apparaître une patrouille. Comme elle, ils fuyaient le pays, les guerres tribales, espérant trouver ailleurs moins de pauvreté et une vie meilleure. Pour payer des passeurs, ils avaient amassé tout l'argent qu'il leur restait, s'étaient souvent endettés auprès des membres de leur famille.

Quand l'obscurité s'est faite plus dense, ils ont embarqué sur une frêle embarcation en bois, direction l'Italie. Pour beaucoup, c'était le premier voyage en mer. Ils ne savaient pas qu'il serait aussi le dernier. Sur le bateau, ils étaient une centaine, entassés, serrés comme des sardines. Au milieu de la houle, risquant à tout moment de chavirer, ils ont vite souffert du manque de vivres et d'eau. Les deux passeurs peu expérimentés tenaient la barre à tour de rôle, effrayés, sachant à peine naviguer. Prenant le moins de place possible à l'arrière, Jenna se cramponnait au banc au milieu des cris, des bagarres pour une gourde ou un morceau de pain. La peur se lisait sur les visages, la promiscuité devenait de plus en plus insupportable. Certains souffraient du manque d'hygiène, d'autres vomissaient après avoir bu de l'eau salée. Discrète, la jeune femme se murait dans un silence protecteur, évitant les regards de ses camarades d'infortune, fixant pendant de longues heures la mer, à la recherche de la terre promise.

Une nuit, l'embarcation a quitté les eaux territoriales de la Libye, se rapprochant de leur port d'arrivée. Les vagues devenues de plus en plus gigantesques réduisaient la visibilité. Des trombes d'eau glaciale s'abattaient sur les passagers. Soudain, la barque a heurté violemment un chalutier italien dans un craquement sinistre. Jenna, avec l'énergie du désespoir, s'est accrochée à une planche en bois. La tête hors de l'eau, elle a nagé avec force et courage, évitant de penser au froid qui commençait à l'engourdir. Elle distinguait à peine dans l'obscurité le bateau qui sombrait, et entendait ses camarades appeler à l'aide avant de périr dans la mer déchaînée.

Au petit matin, elle a pu être sauvée au dernier moment par le navire des garde-côtes, alertés par le chalutier. Avec quelques rescapés, elle a attendu sur le pont, enroulée dans une couverture, de rejoindre l'île de Lampedusa. Le cauchemar n'était pas terminé. Sur le quai, quand ils sont arrivés, on a déposé en rang les cadavres des noyés dans des sacs en toile plastifiés. Devant les invectives des Italiens venus voir cette arrivée macabre, elle a vite compris qu'elle n'était pas la bienvenue en Italie. Sur l'embarcadère, elle s'est sentie mal à l'aise, étouffée par la foule, et s'est évanouie devant les carabiniers.

Au centre d'accueil pour les premiers secours, Jenna s'est reposée et a pu à nouveau se nourrir correctement. Comme elle parle anglais, les infirmières cherchent à la rassurer sur le sort des réfugiés. Pourtant, elle sait qu'elle ne peut pas rester ici, car on contrôle l'identité de tous les arrivants. Pour l'instant, on la laisse tranquille, les policiers ne l'ont pas interrogée. Elle a compris que les clandestins trop nombreux étaient transférés en Calabre pour être rapatriés en charter dans leur pays d'origine.

Avant, elle doit s'enfuir, rejoindre son frère installé à Bruxelles. Prévenu de son départ, il attend de ses nouvelles. Jenna a appris par cœur son adresse et ne doit pas se faire repérer si elle utilise l'ordinateur installé dans l'entrée. Il va l'héberger dans l'appartement qu'il occupe en banlieue, elle devra chercher du travail, se méfier chaque fois qu'elle sort des contrôles de police. Ils ont échangé une dizaine de mails, sachant que fuir le pays et traverser une partie de l'Europe étaient risqués.

À l'étage où elle dort, elle a rencontré Ahmed, un Somalien qui connaît des passeurs. Il s'est cassé volontairement le bras pour ne pas quitter Lampedusa. Elle s'est tout de suite sentie à l'aise avec le jeune homme, impressionnée par sa détermination à rester sur le continent, préférant mourir plutôt que retourner en Afrique. Même si elle n'a plus d'argent, il a promis de l'aider. Dans la chambre de Jenna, ils ont pu discuter pendant des heures, le jeune homme se montrant prévenant, attendri par le charme et la fragilité de la jeune fille. Avec lui, elle va quitter l'île, rejoindre l'Italie et remonter jusqu'en Suisse. Avec de faux papiers, ils prendront le train comme un couple qui voyage en touristes. Ils savent que durant leur périple, ils devront éviter le plus possible les contrôleurs, mais son anglais correct devrait les aider. Après, ils se sépareront ; Ahmed rejoindra Paris et Jenna retrouvera son frère en Belgique.

En regardant les reflets argentés de la Méditerranée et les touristes qui se promènent sous les arcades du port, Jenna pense que des dangers la guettent encore, que sans papiers, elle risque de retourner en Libye. Les clandestins, qu'ils viennent d'Afrique ou d'ailleurs, ne sont pas acceptés en Europe et doivent pour la plupart prendre des avions pour rentrer.

En soupirant, elle caresse le bracelet à son poignet, passe la main dans ses cheveux trop courts. Elle a réussi à survivre à ce voyage en mer, sa bonne étoile doit la protéger. Elle aimerait tant pouvoir parler encore à sa mère, pour la rassurer. Le soir tombe sur Lampedusa, le soleil se couche dans des couleurs éclatantes. Elle doit bientôt rejoindre sa chambre, retrouver Ahmed pour préparer leur départ. Ils doivent remplir leur sac, choisir la meilleure heure pour quitter le centre sans se faire repérer.

Un jour, elle reviendra en Libye, c'est son pays. Jenna sera alors une femme libre qui choisit elle-même sa vie. Elle ne veut pas rester soumise à un homme, ombre silencieuse qui élève les enfants, tient la maison et accepte toutes les corvées, car la loi en a décidé ainsi.

Elle se promènera dans les rues de Tripoli la tête haute, rentrera dans sa chambre et, si elle le souhaite, dépliera le hijab qu'elle a soigneusement rangé dans un tiroir.

L'ombre en face

Sacha a ouvert fermement les lourds rideaux de son appartement du boulevard Raspail. À cette heure, les passants sortent des bouches du métro et se pressent pour rejoindre leur lieu de travail. Le ciel est bas et chargé de nuages annonciateurs de pluie, pourtant la grisaille parisienne ne doit pas entamer son moral. Elle ne regarde plus l'immeuble en face de l'autre côté. Ombre ou pas. La vie a repris son cours, avec ses habitudes rassurantes. Ce matin, elle doit continuer son activité professionnelle, terminer le contrat de réhabilitation d'un bâtiment de banlieue, un centre aéré et une future crèche. Une maquette est installée sur la longue table, des petits cubes de différentes couleurs doivent encore être assemblés. La jeune architecte a ouvert le logiciel de son ordinateur portable. Elle doit redessiner les plans, peaufiner le projet pour le présenter dans la semaine à ses collègues. Il lui reste plusieurs jours d'intense labeur, car l'ensemble n'est pas abouti.

Avant de commencer, elle part à la cuisine prendre un verre d'eau. Elle avale entre deux gorgées ses médicaments : deux cachets bleutés contre la dépression. La jeune fille ne tremble plus, les nausées suivies de céphalées ont pratiquement disparu, et elle envisage même de se préparer un vrai petit-déjeuner avec café et tartines. Elle suit scrupuleusement la prescription du docteur Kepner. Il lui répète à chaque consultation qu'elle reste encore en convalescence. Pour éviter toute rechute, elle doit accepter ce traitement et le prévenir si les symptômes réapparaissent.

Pour Sacha, toute l'histoire a commencé dans l'État du Gujarat. Dans cette contrée, elle a commencé à perdre pied avec la réalité. L'Inde l'a aspirée comme une énorme pieuvre dont les tentacules lui ont peu à peu mangé le cerveau. Le pays reste redoutable pour les personnes fragiles. Tout est trop fort et les faibles Occidentaux peuvent sombrer dans la maladie ou la dépression. Elle sait que d'autres ont vécu le choc et ont passé des années à le dépasser. Il faut pouvoir entrer dans le mystère de la gigantesque mosaïque de peuples, de langues et de religions. Sacha n'en avait pas les clés.

Chaque jour, la misère lui sautait à la gorge, la chaleur moite l'étreignait. À Surat, la ville des diamantaires, elle devait présenter le projet de construction d'un centre industriel. Au début de son séjour, on a semblé l'écouter avec attention, le contrat était en bonne voie d'être signé. Le matin, elle se rendait au siège de l'entreprise, le directeur et certains actionnaires l'attendaient, elle pouvait alors exposer ses plans, montrer tout l'intérêt du travail déjà réalisé à l'agence. Pourtant, très vite, les rendez-vous se sont espacés, l'interprète venant de plus en plus rarement la chercher à son hôtel. Sacha comprenait à demi-mot que la corruption gangrenait et ralentissait beaucoup d'opérations de construction.

Le poids des traditions était encore tenace, une femme devait rester à la maison et ne pas exercer des responsabilités trop importantes, comme la création d'un bâtiment. Rien n'était simple dans le pays pour celui ou celle qui voulait entreprendre.

En touriste, elle est partie à la découverte de l'Inde chargée de parfums et d'épices enivrants. Elle s'est promenée le long des échoppes à travers les embouteillages et le vacarme des scooters. Dépitée par son échec professionnel, elle voulait goûter la ville inconnue comme un fruit exotique gorgé de soleil. Pourtant, dans les rues pleines de sons, d'hommes, d'animaux, d'odeurs, elle a souvent ressenti le sentiment de n'être pas à sa place.

Un soir, par l'intermédiaire d'une agence touristique, elle a assisté dans un village au mariage d'une petite fille avec un mari qu'elle ne connaissait pas. Sacha se souvient encore de la cérémonie, du malaise qu'elle a éprouvé. Deux familles revêtues de leurs plus beaux habits se retrouvaient avec leurs enfants et leurs amis. Autour des invités, le jeune garçon avait apposé une poudre sur le front de la fillette, âgée de huit ans à peine. Les agapes avaient ensuite commencé. C'était un mariage ordinaire dans l'État du Gujarat. La jeune architecte n'oubliera jamais cette fête dont les images troublantes peupleront longtemps ses nuits.

Plus tard, les troubles entre les musulmans et les Indiens ont rendu ses déplacements souvent impossibles. Les rues de Surat devenaient dangereuses et on déconseillait fortement aux Occidentaux de sortir. Bloquée dans son hôtel, Sacha a attendu de longues heures, de plus en plus découragée, sombrant dans une solitude sans fond. Même si les employés de la pension où elle était hébergée la saluaient toujours cérémonieusement, la barrière de la langue annihilait tout contact. La jeune femme croyait vivre au milieu de silhouettes fantomatiques. Dans un monde où la vie et la mort sont si proches, où la frontière entre le réel et l'imaginaire est si ténue, elle se sentait envahie par une inquiétante étrangeté. Après trois mois, elle est rentrée à Paris, découragée, éreintée, maudissant l'Inde et ses mystères.

Dans les premiers temps, elle a cru pouvoir se remettre doucement du voyage. Revoir Paris, retrouver ses repères lui permettrait d'oublier son séjour. Sacha avait déjà voyagé et connu la nécessaire adaptation au retour. Pourtant très vite, les cauchemars, les visions l'ont obsédée. Une ombre en face de son appartement ; une femme en sari tendait les bras et l'appelait désespérément. À travers ses pleurs, elle semblait murmurer « à l'aide ». Sacha a d'abord cru à une hallucination, un mauvais souvenir de l'Inde qui continuait à la tourmenter. Chaque jour et chaque nuit, elle entrevoyait une silhouette frêle de l'autre côté, une femme illusion. Les contours de son visage se mélangeaient à ceux de la petite fille mariée de force dans le village indien. Aimantée à la vitre, Sacha ne pouvait que trembler, absorbée par l'image qui continuait à la hanter. Durant ses cauchemars, ses visions se diluaient dans des couleurs rouge orangé puis de plus en plus sombres. Le matin, elle se réveillait perdue, ne sachant plus où elle était. Plusieurs fois, elle a même fermé ses lourds rideaux, vivant dans un noir angoissant où les ombres dansaient sur les murs. Par désespoir, elle a envisagé de faire appel à une agence immobilière pour changer d'appartement.

À bout de forces, presque insomniaque, Sacha a décidé de faire appel au docteur Kepner, un spécialiste des troubles du comportement. En cure de repos dans une clinique de Rueil-

Malmaison, elle a raconté à son médecin ses délires, ses rêves troublés par l'Inde et cette ombre en face de son appartement. Pendant un mois, elle a traversé docilement un brouillard psychiatrique. Elle a tout dit, tout expliqué, tout compris. Bien entourée, elle a surmonté sa dépression nerveuse. Dans une chambre blanche, elle a pu se débarrasser de ses visions, les vitres dépolies ne lui renvoyant que l'image sereine d'un grand chêne planté dans le parc. Les promenades au bord du lac, les visages devenus familiers des infirmières lui ont redonné le sourire et la santé. Elle sait aussi qu'enfin elle est à Paris, sa ville, et non dans un univers peuplé d'images, de réminiscences issues de sa seule imagination.

Depuis une semaine, elle est rentrée dans son trois-pièces, presque guérie et soulagée. Elle a décidé de ne plus penser à cette histoire. La thérapie n'est pas terminée, elle doit toujours être surveillée et ne pas flancher. Pourtant, Sacha est prête pour une nouvelle vie. Elle a fait le ménage, débarrassé la poussière des meubles, nettoyé de fond en comble chaque pièce. Le matin, elle se presse à l'épicerie pour acheter de quoi se préparer des repas sains et savoureux. L'agence d'architectes qui l'emploie attendait son retour avec impatience. Elle a décidé dans un premier temps de travailler seule à la maison, avant de retrouver son bureau et ses collègues. Réussir un nouveau projet va lui permettre d'avancer. Chercher des idées, élaborer des esquisses qu'il faut ensuite modifier et construire le bâtiment mobilisent ses pensées et l'accaparent chaque minute. Le soir, elle s'arrête souvent épuisée mais heureuse. Le séjour en Inde n'a pas touché ses facultés intellectuelles. Cette mauvaise expérience s'éloigne et elle retrouve sa liberté et son intégrité.

Quand elle entend le timbre de l'entrée retentir, elle regarde par l'œilleton de la porte, surprise. Ce matin, elle n'attend personne et ne souhaite pas forcément recevoir un visiteur de commerce ou la voisine trop curieuse, toujours préoccupée par sa santé. Un homme se tient sur le palier et lui montre sa carte d'inspecteur. Sacha lui ouvre ; il semble mal à l'aise, gauche dans son uniforme trop grand, et un peu emprunté devant elle :

— Bonjour, Madame, je travaille au commissariat du VIe arrondissement. J'ai quelques questions à vous poser. Rien de grave, ne vous inquiétez pas ! Est-ce que je peux entrer ?

Sacha soupire, un peu inquiète, et le laisse passer :

— Oui, oui. Entrez.

L'homme marche dans la pièce, regarde par la fenêtre et s'arrête devant la vitre. Il a l'air de chercher quelque chose ou quelqu'un, et son comportement l'intrigue de plus en plus. Il se tourne vers elle :

— J'aimerais vous poser plusieurs questions. Dans l'immeuble en face de chez vous, un vieux couple a séquestré une jeune Indienne sans papiers pendant plusieurs mois. Ils l'ont traitée comme une esclave facile, docile. Elle faisait le ménage, préparait leurs repas et bien sûr, sans recevoir de paye. Elle ne sortait jamais, ils la nourrissaient à peine. Des voisins les ont dénoncés, ils viennent d'avouer la séquestration, les tortures qu'ils lui ont aussi infligées. Je recherche des indices et des témoins qui auraient vu ou entendu quelque chose.

L'inspecteur désigne la pièce de l'autre côté :

— Vous habitez juste en face de leur appartement, vous

avez peut-être aperçu cette Indienne. On a retrouvé des costumes, enfin… des saris, dans le cagibi où ils l'avaient enfermée. Le commissariat ouvre une enquête, car on ne sait pas ce qu'est devenue cette jeune fille. Je ne crois pas qu'ils aient pu la tuer. Elle a disparu sans laisser de traces, s'est volatilisée dans Paris. Comme ça ! Un fantôme…

Sacha blêmit :

— Une illusion.

Elle a murmuré les deux mots avant de s'asseoir précipitamment sur une chaise. Elle doit calmer les tremblements de ses mains, les battements trop forts de son cœur, sa tête va exploser. Le cri rauque qui sort de sa bouche ressemble à un hurlement, celui d'un animal blessé.

La Cigale

C'est lui. Il s'est accoudé au comptoir et a commandé un café-crème. En entrant, il a déposé son parapluie au perroquet et a soupiré, heureux d'échapper à l'averse. Son regard s'est posé furtivement sur Lola. Puis, il a détourné la tête et fixé les gravures Art Déco incrustées derrière le bar.

Comme une décharge électrique, Lola a ressenti des secousses au ventre et au creux des reins. Maintenant elle ne sait plus, elle a chaud et froid. Son thé lui brûle doucement la bouche, quelques gouttes de liquide tombent brusquement sur la tasse qu'elle repose en tremblant. Il faudrait pouvoir se planter en face d'un homme, le regarder dans les yeux et lui dire : « Je suis là. » Voilà, tout simplement. « Je suis la femme que tu attends. » La pensée fugace qui lui a traversé l'esprit la terrifie puis la fait sourire. Trop timide, elle reste assise derrière sa petite table en bois verni, cachée par l'immense palmier qui trône au milieu de la pièce.

À Nantes, en ce 3 mai, il pleut à verse. En sortant de son dernier cours, Lola a couru tête nue sous la pluie. Les passants fuyaient, enjambaient les flaques, ouvraient en hâte leur parapluie ou se réfugiaient sous les porches des immeubles de la place Graslin. La célèbre brasserie ressemblait à un rade échappé de la tourmente. Lola s'est décidée à pousser les portes de *La Cigale* pour la première fois, même si l'endroit trop chic l'avait toujours rebutée.

Tant pis, elle devait attendre la fin du déluge avant de rentrer dans son appartement de l'île Feydeau.

Lola ressemble à une noyée dégoulinante d'eau. Ses cheveux mouillés se plaquent sur son visage et sa nuque, ses bottines sont tachées et devront sécher probablement pendant des heures, une mare s'étend lentement à ses pieds. Un peu gênée par son allure, elle s'est installée à une petite table. Elle se réchauffe en trempant ses lèvres dans son thé au citron bien chaud. Les lustres patinés renvoient une douce lumière apaisante et éclairent les portraits d'angelots tout autour d'elle. Un couple de personnes âgées est attablé sur sa droite, la femme dégustant avec plaisir un plateau de viennoiseries devant son compagnon attendri. Le lieu au charme indéfinissable l'impressionne un peu. Elle ne sait pas qu'une autre Lola, fixée sur la pellicule de Jacques Demy, a marché et même dansé sur ce plancher.

Dès que l'homme est entré, elle a su qu'elle devait le rencontrer, saisir cette chance. Pour l'instant, elle est tétanisée. Même si le ridicule ne tue pas, elle ne sait comment faire pour aller lui parler. Que va-t-il penser d'elle ? Elle n'est qu'une étrangère un peu paumée et bien solitaire. En plus, aujourd'hui, trempée par la pluie battante, elle n'est guère séduisante.

Depuis qu'elle vit à Nantes, elle n'ose aller vers les autres. Lola a vécu toute son enfance et une partie de sa jeunesse en Catalogne, avant de s'exiler. Dans un quartier barcelonais proche de la plage, son travail de serveuse dans un bar à tapas n'avait duré qu'un temps. Pendant des mois, elle a cherché sans relâche une autre place, parcourant en vain les Ramblas dans tous les sens. Les nombreux appels, les rendez-vous avortés avec des patrons pris à la gorge par leurs dettes n'ont rien donné. En colère, elle a même manifesté avec les Indignés plusieurs fois sur la place de la Sagrada Familia. Elle a dormi sous une toile de tente miteuse, dans un campement d'infortune au milieu de jeunes désœuvrés et sans avenir, cherchant une lueur d'espoir dans un collectif improvisé.

À bout de forces et d'idées, elle s'est décidée à revenir en France, sa seconde patrie, le pays de sa mère trop vite décédée. Sur Nantes, elle a trouvé refuge dans un petit appartement au-dessus de chez son oncle Paco. Étant l'un des derniers membres de sa famille, il ne pouvait pas la laisser seule. Devant ses difficultés, il l'a invitée à s'installer dans un studio qu'il savait disponible et proche de chez lui. Elle a enfin pu poser ses valises et commencer une nouvelle vie. Maintenant, elle donne des cours d'espagnol dans un institut privé. Le salaire n'est pas mirobolant, mais un emploi est une bénédiction ; elle peut s'en sortir et ne craint pas de finir dans la rue, désœuvrée. Même si le soleil, la chaleur de la Catalogne et tous les amis qu'elle a quittés lui manquent, elle est soulagée de pouvoir travailler. Il faut savoir tout abandonner pour survivre.

Chaque soir, elle retrouve des copies à corriger, des cours à préparer pour le lendemain et s'organise une vie solitaire et tranquille. Paco, qui comprend sa tristesse, l'invite parfois à dîner. Pour la faire sourire, il lui raconte ses journées. Artisan ferrailleur, il travaille à l'atelier des *Machines de l'Île*, où il fabrique avec passion ses drôles de créatures sorties des mondes imaginaires, pour égayer les Nantais et les touristes. Lola adore monter sur l'éléphant devenu l'emblème de la cité des ducs de Bourgogne et attend avec impatience que l'Arbre aux Hérons puisse déployer ses branches au-dessus de la ville. Pendant ses soirées, elle oublie son isolement et retrouve son enfance et sa jeunesse, discutant avec lui dans un joli brouhaha en français et en espagnol.

Nantes, comme *Une Belle Endormie*, se découvre peu à peu au long de ses promenades à pied, de ses virées en tramway. Elle trace des itinéraires qu'elle suit pendant plusieurs heures. Elle aime partir des bords de l'Erdre et remonter vers les quais de la Loire. Au-delà, le fleuve s'élargit et rejoint l'estuaire où ses eaux boueuses se mêlent à celles de l'océan. Pendant ses jours de congé, elle sillonne la ville, cherchant des repères, curieuse des regards qu'elle peut croiser.

Lola n'aime pas s'ennuyer et voudrait se faire des amis, mais ici les gens lui semblent moins ouverts qu'en Espagne, plus difficiles d'accès. Les rencontres sur les réseaux sociaux ne sont qu'éphémères et ne la satisfont guère. Quand elle a quitté la France, elle n'avait que quelques mois, elle connaît à peine l'Hexagone et se sent étrangère. Pourtant, parfaitement bilingue, elle parle français avec aisance et prend plaisir à discuter avec ses élèves de l'Institut.

Fidèle à ses pensées, Lola continue de manifester, de s'indigner pour des causes peut-être perdues d'avance. Engagée dans plusieurs collectifs, elle reste volontaire pour mener des actions et lutter pour changer ce qui ne va pas dans la société. D'un caractère obstiné, elle ne veut pas comprendre le monde qui va si vite et accepter la crise qui ne veut pas se terminer. Comme beaucoup de jeunes, elle s'alloue un budget restreint et calcule chaque euro dépensé.

À la fin du mois, il lui est souvent difficile de remplir les placards de sa cuisine. Elle aimerait voyager, retourner plus souvent en Espagne, mais sa situation ne laisse guère de place à la fantaisie et restreint sa liberté. Pour l'instant, elle doit attendre et espérer des lendemains meilleurs.

Pourtant, en cette fin de journée, elle a osé franchir les portes de *La Cigale*, si connue dans la ville, surtout fréquentée par des gens aisés. Maintenant, un homme l'attire comme un aimant. Si aujourd'hui le destin l'a mis sur sa route, elle ne doit pas laisser passer cette occasion. Sa mère lui a souvent rappelé que les coups de foudre bouleversent une vie, mais sont aussi la meilleure chose qui puisse arriver.

Lola, déterminée à agir, se lève brusquement et se plante en face de lui. « Voilà, c'est moi, celle que tu attends. » Elle ne sait pas ce qu'il se passera, mais bon, elle s'est jetée dans l'arène comme une bête qu'on va bientôt massacrer. Maintenant, les mains le long du corps, elle sourit, attendant une réponse. Son cœur bat très fort dans sa poitrine. Elle devrait se sentir mal à l'aise, voire un peu idiote, pourtant elle est soulagée d'avoir prononcé ces quelques mots. Elle aura tout le loisir d'avoir honte plus tard, entre les quatre murs de son studio. Le temps s'arrête, le couple attablé a suspendu sa conversation – la femme laissant tomber son croissant dans sa tasse de café – et, surpris, les a regardés.

Peut-être va-t-il plaisanter, rire ou fuir à toutes jambes cette fille qu'il ne connaît pas et qui vient vers lui ? Heureusement que le serveur occupé à astiquer des verres ne l'a pas vue se déplacer, sinon il aurait pu lui demander de quitter la brasserie, ulcéré par ses manières indélicates.

C'est la première fois qu'elle ose aborder un homme.

C'est la première fois qu'il laisse une femme l'aborder : « Venez, on va s'asseoir à la table où vous étiez. » Les paroles qu'il vient de formuler agissent comme un baume salvateur sur Lola ; elle se sent enfin libérée du poids qui l'oppressait.

Ils s'installent à l'abri des regards étonnés et commandent de nouveau un café et un thé. Il ne semble pas gêné, peut-être surpris par cette jeune fille aux longs cheveux bruns et au regard sombre. Il s'appelle Simon et raconte la pluie, le printemps qui tarde à arriver, la ville qu'il connaît depuis qu'il est né et qu'il n'a jamais quittée. Pour Lola, il suffit d'avoir assez de patience pour l'écouter. Elle sait que son silence est séduisant. Pour l'instant, elle veut éviter de se dévoiler. Elle a déjà franchi le premier pas, à lui de faire les suivants pour venir à sa rencontre. Elle aime déjà ses rides au coin des yeux, sa voix rauque et les fossettes qui illuminent son sourire. Ses longues mains comme les ailes d'un papillon parfois effleurent les siennes en parlant. Tout simplement, elle est heureuse à ses côtés et ne voit pas les heures passer.

La nuit tombe peu à peu. Le serveur installe les nappes pour le service de la soirée. Les lampadaires de la place Graslin s'allument et les derniers passants qui sortent des bureaux se pressent à l'arrêt du bus.

Comme une évidence, Lola et Simon décident de se revoir le lendemain. En sortant de *La Cigale*, il dépose un baiser sur ses mains sans oser aller plus loin. En rejoignant son studio de l'île Feydeau, elle se demande comment cette histoire se terminera. Pourtant, on doit être si bien dans ses bras.

Ce soir, sur Nantes, la pluie s'est arrêtée de tomber.

La dernière fugue

Sac sur le dos, Elsa descend vers la gare Montparnasse. À seize ans, elle ne sait quelle direction elle va prendre. D'ailleurs, quelle importance ! Sans argent, le voyage peut se terminer rapidement. Pourtant, il faut qu'elle parte, qu'elle quitte la ville. Elle étouffe dans la grande maison où un silence pesant s'installe, entrecoupé d'interminables disputes ; elle étouffe entre ses deux parents qui ne s'aiment plus. Au début, ils n'ont pas compris ses fugues. Maintenant, elle ne sait pas s'ils vont seulement prévenir la police. Ils ne remarquent ni sa présence ni son absence. Ils parlent de crise d'adolescence, ils cherchent des prétextes à ses fuites, ne comprenant pas que la vie de famille qu'ils offrent à leur fille lui donne envie de quitter la maison familiale. Elsa sait qu'elle n'est pas responsable de leurs problèmes de couple. Alors, partir le plus loin possible semble pour elle la seule solution. Car sa vie est ailleurs.

La nuit tombe sur les quais qui se vident. La gare est un lieu où ceux qui sont de passage se croisent. La solitude alors les rapproche. Elsa aime les visages en transit qui partent ou arrivent, ces odeurs d'ailleurs, de voyage. Tout est ici encore possible.

Après avoir déambulé dans le métro avec un sac à dos pesant de plus en plus lourd sur ses épaules, la jeune fille trouve un banc désert, s'installe et commence à somnoler.

Un jeune homme d'une vingtaine d'années s'assoit près d'elle. Lui aussi a l'air en fuite. Ses vêtements sont d'un autre âge. Les lacets manquent à ses baskets fatiguées. Le blouson délavé qu'il porte est sale et trop court pour ses bras maigres. Ses poignets sont rougis, comme marqués au fer. Son visage est amaigri et ses cheveux cachent un regard sombre et apeuré.

Elsa, réveillée par sa présence, sort un sandwich de son sac. À chaque départ, elle prépare de la nourriture pour tenir plusieurs jours. Elle n'oublie pas d'emporter tout son argent de poche. Elle ne veut pas demander de l'aide et doit se débrouiller seule. Il n'est pas question d'appeler ses parents, de devoir revenir à la maison comme lors des précédentes fugues. Elle a assez d'argent pour quitter la capitale, mais n'a pas de titre de transport. Elle achètera un billet au contrôleur si elle prend un train. Pour l'instant, elle est intriguée par le jeune homme qui a osé s'asseoir à ses côtés.

La jeune fille regarde le pain de mie et se tourne vers son voisin. Elle en a préparé d'autres et peut partager :

— Tu en veux ? Je peux t'en donner la moitié, si tu as faim. Il y a du jambon et une tomate dedans.

Le « oui » est timide, les yeux sont encore craintifs. Elle le coupe en deux avec un Opinel et dépose une part entre ses mains. Un lien vient de se tisser entre ces deux âmes solitaires sur le quai d'une gare. Le jeune homme devient plus confiant, dévorant en quelques secondes le morceau de pain. Elsa pense alors que le garçon affamé n'a pas mangé depuis une éternité.

— Hier soir, j'ai tué ma mère.

La jeune fille se tait, elle pourrait fuir à toutes jambes,

quitter le banc, chercher refuge ailleurs. Bizarrement, les mots qu'il vient de murmurer ne la surprennent pas. Elle n'a pas peur et ne veut pas s'arrêter sur les quelques paroles terribles sans comprendre.

— Mon nom, c'est Jean. Depuis mon enfance, je vis enfermé dans une ferme. Personne ne me connaît. Personne ne pourra penser que c'est moi qui l'ai tuée. Je n'existe pas, je suis un fils maudit. Ma mère s'est fait violer à seize ans par des hommes ivres de bière et de violence. Je suis l'enfant de ce viol, de cette honte qu'on a voulu cacher. C'est ma grand-mère, aujourd'hui morte, qui l'a aidée à accoucher. J'ai grandi au grenier, attaché comme un chien avec des bols de bouillie pour seule nourriture. Si je sais parler, c'est grâce à ma grand-mère. Si je connais le monde, c'est par la télévision que j'entendais à travers les lattes du plancher. Hier, c'était mon anniversaire, ma mère est venue me jeter ma pâtée. Puis, elle a commencé à hurler, à me donner des coups de pied. Maintenant, je suis plus fort qu'elle. Je l'ai prise dans mes bras pour la première et la dernière fois. J'ai mis mes mains autour de son cou et j'ai serré, serré… Avec les clés qu'elle portait toujours dans ses poches, j'ai réussi à me libérer. Je l'ai enterrée près de l'étang. J'ai volé de l'argent dans le buffet et je suis parti en courant. J'ai pris un car pour Paris, pour qu'on ne me retrouve pas. Regarde mes poignets, c'est son cadeau d'anniversaire. Elle était belle, ma mère, elle avait les yeux aussi noirs que les tiens.

Elsa n'est toujours pas terrifiée par ses mots. Le récit qu'elle vient d'entendre l'a bouleversée et la fait encore frissonner. Jean dit la vérité, elle le sent au plus profond de son être. Il ne lui a rien caché et devait raconter toutes les souffrances qui se lisent aussi sur son visage. Il n'est pas fou, il a voulu échapper à l'enfer qu'on lui a fait supporter pendant des années. Le regard de la jeune fille s'attarde sur les poignets à jamais blessés. Ses problèmes d'adolescente en conflit avec ses parents lui semblent bien dérisoires à côté de ce qu'il a dû endurer.

La nuit avance, ils discutent tous les deux, indifférents à l'agitation des voyageurs, à la nuit qui s'est installée. Elle parle de son père, de sa mère, de la maison silencieuse où elle n'a plus sa place, de la fugue nécessaire pour enfin vivre. Ils ne sont plus des inconnus l'un pour l'autre, proches dans leur fuite solitaire.

Dans la gare, Elsa prend la main de Jean et le regarde d'un air décidé :

— Viens, on part ensemble.

— Où ? Moi, je ne connais personne ! Qu'est-ce qu'on va faire ?

— Ne t'inquiète pas, on trouvera. On ne peut pas rester ici dans la gare, à Paris. On va nous retrouver. Je risque de retourner chez mes parents et toi, on va t'embarquer au commissariat.

— Tu as raison, je ne veux pas aller en prison. De toute façon, maintenant je veux rester avec toi !

Le train qu'ils prennent tous les deux descend peu à peu vers la mer. Ils quittent la ville et ses dangers. Dans le compartiment, Jean a relevé son blouson et dort en boule, appuyé contre la vitre. Elsa, en face de lui, prend doucement sa main. Leur rencontre, c'est un signe du destin. Ils restent maintenant liés par leurs confidences, fuyant les démons du passé. Tant pis si Jean est un assassin. Quand ils descendent dans la petite gare du Croisic, ils savent qu'ils ne sont pas près de se séparer, quoi qu'il arrive. Pour eux, il n'y a pas de retour en arrière possible, ils doivent aller de l'avant.

Sur la place de Batz-sur-Mer, les forains se sont installés pour la journée. Peu à peu, les manèges s'éclairent de néons multicolores, les allées se remplissent de jeunes et d'enfants venus s'amuser après les cours. Dans le bourg du village, les quelques attractions procurent un peu de joie aux habitants endormis par l'hiver qui s'étire. Le mois de décembre peut être si long au bord de la mer, déserté par les touristes de la belle saison. Les animations de la fête foraine côtoient les illuminations joyeuses de Noël.

Tous les deux travaillent dans une roulotte de confiserie. Elsa prépare crêpes et galettes, Jean enroule la barbe à papa autour de bâtonnets. Ici, on ne leur a pas posé de questions, les personnes qui tiennent les manèges autour d'eux savent se montrer discrètes et accueillantes. Ils gardent leurs secrets et peuvent vivre comme ils l'entendent. Chaque soir, ils remettent la caisse au forain qui les emploie. Jean a réparé une caravane qu'ils ont achetée d'occasion. Ils l'ont aménagée pour aussi pouvoir quitter le campement en cas de danger. La jeune fille scrute souvent les allées et guette toute voiture de gendarmerie. Elle craint toujours qu'on soit à leur recherche et qu'on vienne les débusquer, même au fin fond de ce village perdu au bord de l'Atlantique.

Elsa reste timide et se lie peu avec les femmes du campement. Elle n'a toujours pas donné de ses nouvelles à ses parents. Parfois, elle prend une feuille de papier, écrit deux ou trois lignes et la déchire rapidement avant de la jeter à la poubelle. Elle ne se sent pas encore prête à renouer le contact. Puis, elle pense qu'ils ne cherchent même pas à la retrouver, trop heureux de s'être débarrassés de leur adolescente encombrante. Encore une fois, ils ne penseraient qu'à accuser l'autre, lui reprochant d'être la cause de la fugue de leur fille.

Rongé par des cauchemars, Jean se réveille souvent la nuit, en sueur et claquant des dents. Il s'habitue à ses angoisses, réminiscences d'un passé trop lourd à porter. Silencieux et résigné, il ne veut pas réveiller Elsa et attend sous l'auvent de la caravane les lueurs du jour, perdu dans ses pensées. Les promesses de l'aube agissent comme un baume sur son cœur meurtri. Comme un enfant privé trop longtemps de lumière, il aime par-dessus tout les couleurs chaudes, éclatantes d'un lever du soleil.

Souvent, ils descendent sur la plage, s'installent sur les rochers de la côte sauvage et regardent pendant des heures l'océan. Ils respirent à pleins poumons l'air marin iodé.

Elsa touche le visage de Jean et lui rappelle qu'il existe, qu'il a une identité ; elle sait maintenant toutes les tortures qu'il cache à l'intérieur. Pour elle, c'est devenu l'être le plus important au monde. Ils reviennent apaisés du bord de mer. La jeune fille pense que cette sérénité ne durera pas, que la vie les rattrapera tous les deux.

Jean cache ses cicatrices comme un enfant à jamais blessé. Les yeux d'Elsa gardent pour l'éternité la limpidité de deux perles noires.

Le nuage de cendres

Le soir venu, la ville s'éteint. Ses lumières deviennent blafardes et clignotantes. Des silhouettes fatiguées et tremblotantes désertent les trottoirs. Le couvre-feu tombe comme une chape de plomb, laissant derrière lui silence et désolation. Certains quartiers offrent leurs murs béants et détruits à la pluie, au froid. Au milieu des gravats rôdent des chiens efflanqués aux dents acérées, à la recherche d'une maigre pitance. Des entrepôts déserts cernent la ville. Des grues menaçantes et désarticulées trouent le ciel noir chargé de nuages. Pendant la nuit, des bruits étranges déchirent parfois le silence. Grincements, plaintes, sirènes.

Parfois, un vent violent s'engouffre sous les porches, tourbillonne sans relâche autour des gargouilles de l'église, la seule restée intacte après les bombardements.

De la ville, il ne reste plus grand-chose. La splendeur d'antan a disparu. Au loin, dans le brouillard, la statue d'une femme tient fièrement un flambeau. Le symbole de la liberté semble bien solitaire, bien dérisoire dans le crépuscule.

Pour trouver la vie, il faut descendre dans les caves. Sous des voûtes noires et suintantes vit une poignée d'hommes et de femmes. Ici, le jour ressemble à la nuit.

Leurs seuls vêtements, comme des pagnes cousus grossièrement, couvrent à peine leur corps famélique. La peur les habite en permanence, elle les ronge de l'intérieur comme un cancer inexorable. Sur les visages creusés et émaciés, leurs yeux rougis témoignent de leur terreur incessante. Ils ne parlent presque plus. Quelques gestes suffisent à communiquer. Les hommes sortent à la nuit tombée et partent entre les ruines, à la recherche d'un peu de nourriture dans des poubelles ou dans des magasins déjà maintes fois pillés. L'ennemi n'a pas de visage. Ombre menaçante, il bombarde ou tire de jour comme de nuit, sans répit. Ils se battent contre lui avec des armes ramassées dans les rues. Parfois, ils en créent eux-mêmes avec ce qu'ils peuvent trouver : revolvers, carabines d'un autre âge, ou poignards et piques quand ils n'ont plus de munitions.

Dans leur cave, hommes et femmes espèrent encore. Malgré tout, la peur, compagne obsédante, les garde silencieux, affaiblis, tétanisés. Ils pensent que leur angoisse vient d'un passé très lointain qu'ils ont oublié. Amnésiques de leur histoire. Le temps s'est arrêté un jour. Un jour passé, enfoui, oublié dans leur mémoire. Plus encore que la mort, ils craignent l'avenir, comme une fin du monde annoncée.

Trois enfants vivent sous terre avec eux. Leurs jeux, leurs rires font quelquefois oublier la terreur qui règne. Ils représentent l'espoir d'une vie meilleure, d'une paix impossible. Ils ne connaissent pas encore les craintes de leurs parents. Celles-ci leur paraissent souvent injustifiées. Leur enfance les rend téméraires et presque inconscients des dangers. John, l'aîné, attend avec impatience le moment où il sera lui aussi un guerrier, un résistant. Il souhaite se battre pour défendre les siens contre l'ennemi. L'adversaire invisible doit être écrasé. Il veut être fort contre ceux qui les enterrent vivants. Paul, son cadet, suit son frère les yeux fermés. Il a souvent peur, mais le cache. Anna est une petite fille espiègle, elle a soif de liberté. Gâtée par les adultes, elle sait aussi s'imposer auprès des deux garçons qui répondent le plus souvent à tous ses caprices. Son envie de découvrir le monde extérieur est aussi intense que ses yeux vert émeraude.

Un matin, ils décident de sortir. Trompant la vigilance de leurs aînés, ils quittent par les égouts les bas-fonds qui les oppressent. Ils ont soif du dehors, de découvrir la ville qu'ils ne connaissent pas. Ils veulent voir, ressentir et surtout comprendre la vie qui existe ailleurs que dans les caves.

Parvenus à la lumière, ils marchent le long des allées dévastées. Cet univers leur semble mystérieux et excitant. Ils découvrent un monde qu'on leur a toujours caché. Anna sautille en parlant gaiement, à peine effrayée par la cité détruite, bombardée. John et Paul, amusés, écoutent ses babillages. Ils ne se rendent pas compte du danger ; ils avancent, étonnés de découvrir le ciel et les nuages, et sont ravis de respirer un air plus pur que dans les caves.

Après quelques heures, ils arrivent à la lisière d'un grand parc. Sur une pancarte traînant par terre, ils déchiffrent *Central Park*. L'endroit semble magnifique. Protégés par des arbres majestueux, ils écoutent le chant des oiseaux, regardent la nature qu'ils connaissent à peine. Ils se promènent au hasard quand, au détour d'une allée, ils aperçoivent des cabanes entourées d'enclos. « On va voir ? » demande Anna, rongée par la curiosité. John, désigné chef de l'expédition par son âge, ne peut le lui refuser. Tous les trois cheminent entre les allées, découvrant un zoo laissé à l'abandon. De la volière ouverte des oiseaux, il ne subsiste que quelques perroquets frileux qui s'envolent en poussant des cris stridents quand Anna veut les toucher. Des chimpanzés rachitiques sautent dans les arbres un peu plus loin, mais ils disparaissent rapidement à leur approche. De l'aquarium éclaté, il ne reste que quelques carcasses de poissons morts jonchant le sol. Ils marchent, mal à l'aise. L'ambiance devient lourde, pesante. De plus en plus terrifiée, Anna se tait et serre fortement la main de John. Tous les trois comprennent que les animaux dont on leur a parlé, dont ils ont vu des images dans les livres sous terre, meurent peu à peu. Ils se rendent compte que beaucoup de choses ont dû changer et qu'ils sont des enfants démunis, oubliés, sacrifiés comme les rares animaux qu'ils croisent.

Tout d'un coup, ils entendent des voix. Ils se regardent alors, interloqués. Ils ne connaissent pas cette langue. Ils ne comprennent pas les paroles prononcées. Ils approchent doucement d'un enclos et découvrent deux silhouettes assises devant une cabane. Les barbelés qui l'entourent sont bien serrés. Deux femmes vivent là, recluses, enfermées comme dans un camp. La plus grande porte une longue robe noire, on ne discerne pas son visage, car un tissu la recouvre de la tête aux épaules. Elle peut voir grâce à un grillage devant ses yeux qui laisse passer la lumière. La plus petite silhouette ne porte pas de voile. Ses longs cheveux noirs encadrent un visage d'ébène. Avec application, elle lit un vieux livre posé sur ses genoux. Elle semble réciter des prières reprises par la femme qui l'écoute. Les trois enfants écoutent, d'abord effrayés puis peu à peu rassurés. Une étrange paix se dégage des mots psalmodiés, ils n'ont pas peur. Anna précise d'une petite voix douce à John et Paul :

« Vous avez vu ? Elle est comme moi, elle aime bien lire des livres. On va leur parler ? » Les deux garçons serrent fortement la main de la petite fille et tous les trois s'éloignent. Ils savent qu'ils ne doivent pas s'approcher.

Une barrière invisible les sépare des deux personnes. Ils aimeraient comprendre pourquoi elles se trouvent là, dans un enclos, dans le zoo délabré. Ils ne peuvent les déranger en pleine méditation et John ne peut s'empêcher de penser que « les ennemies » semblent bien démunies et bien faibles. Le mystère reste entier et la curiosité d'Anna ne pourra être assouvie.

Ils reprennent leur chemin vers la lisière du parc, espérant trouver un endroit où ils seront plus en sécurité. Quand Anna aperçoit une aire de jeux avec des toboggans et des balançoires, elle se précipite, curieuse de découvrir des distractions. John et Paul la regardent en souriant avant de s'élancer derrière elle et de pousser gaiement la balancelle. C'est la première fois qu'ils peuvent enfin jouer sous la lumière naturelle du soleil et ils veulent pleinement profiter de l'instant présent, avant qu'il ne s'évanouisse. Les cris de joie de la petite fille s'élancent jusqu'au ciel.

Les trois enfants ne distinguent pas l'homme embusqué derrière un arbre. Caché derrière des branches, il prépare son arme, plaçant trois balles dans le chargeur de son revolver. Il n'est pas très à l'aise et grimpe plus haut pour avoir une meilleure vision de tir. Quand enfin il est prêt, son doigt se pose sur la gâchette. Sa main tremble, son cœur bat trop vite et ses yeux se brouillent. Le tireur pensait trouver des proies faciles et innocentes pour satisfaire sa vengeance, mais il ne sait pas tirer sur des enfants.

Dans la cave, les adultes se sont rendu compte de leur absence. Les femmes hurlent, désespérées, pleurent la perte insupportable, suppliant qu'on leur rende leur chair disparue. Elles ne peuvent envisager de continuer à vivre sans leurs enfants. Terrifiés, les hommes attendent la nuit tombée pour partir à leur recherche. Ils pensent que leur fugue est improvisée et qu'ils n'ont pas dû aller bien loin, avec Anna à leurs côtés. Une fois le soleil couché, ils sortent, déterminés à les retrouver, résolus à ne revenir qu'avec eux, qu'ils soient morts ou vifs.

Dehors, ils se déplacent comme des ombres tremblotantes. Ils savent tous que les armes qu'ils portent ne les protègent guère. Ils en ont malheureusement déjà fait l'expérience pendant des combats souvent perdus d'avance. Alors, ils avancent doucement, piètres guerriers épuisés. À l'affût du moindre bruit, ils sont déterminés à les récupérer s'ils sont prisonniers, car les enfants sont les seuls espoirs de leur vie misérable.

Ce soir-là, tout semble calme, étrangement calme. Presque rassurés, les hommes marchent le long des avenues, cherchant à distinguer dans la pénombre la moindre trace, le moindre indice du passage des enfants. Aucun bombardement ne déchire le ciel sombre, aucune détonation d'arme ne trouble le silence. À demi-mot, ils s'interrogent sur la trêve impossible, inespérée. Ils se demandent même si la disparition d'Anna, de John et de Paul n'y est pas pour quelque chose, n'est pas le signe d'une paix éphémère.

Sans se concerter, ils se dirigent vers le parc. Ils savent qu'ils ont pu être attirés par l'endroit encore protégé. Les enfants sont curieux de cette nature qu'ils ne connaissent qu'à travers les rares livres qu'ils ont pu sauver. Ils aiment tourner les pages, découvrir des animaux, des plantes qu'ils n'ont jamais pu approcher et dont les couleurs les font plonger dans des rêves plus doux que la réalité sombre et froide qu'ils doivent supporter.

Quand les hommes les aperçoivent, endormis profondément sur un banc, ils se regardent, surpris et soulagés. Anna est blottie entre John et Paul, la tête enfouie sous les blousons des deux garçons. Il ne leur est rien arrivé, ils sont vivants et en bonne santé. Les adultes cherchent à comprendre le monde dévasté où les enfants doivent être préservés de la guerre et de ses dangers. Beaucoup de questions restent sans réponses. Cette nuit sans étoiles semble si particulière dans leur vie traquée.

Une fois réveillés, Anna, John et Paul les regardent, se jettent à leur cou, heureux de retrouver leur père. Ils s'interrogent aussi sur la peur des grandes personnes, sur les journées tristes et sans lumière qu'ils passent, cachés sous la terre. Même les rats peuvent vivre dans les caves et sortir quand ils le souhaitent. Leur escapade leur a donné le goût d'une liberté qu'ils n'ont jamais connue et qu'ils voudraient retrouver.

Les paroles de la petite fille se font tout aussi douces qu'insistantes : « Que s'est-il passé ? Pourquoi reste-t-on enfermé dans les caves ? » demande Anna.

Alors, le plus âgé du groupe, celui que l'on considère comme un sage et que l'on appelle l'Ancien, lui répond : « Aujourd'hui, Dieu, le Tout-Puissant, a voulu protéger les enfants. Il s'est souvenu du temps d'avant, bien avant votre naissance. Cela a commencé il y a très longtemps, petite fille.

À l'époque, on croyait que cela n'arriverait jamais. Nous vivions libres et heureux. Cette ville était l'une des plus belles, l'une des plus connues du monde. Pourtant la guerre, le plus grand mal de l'humanité, a envahi la terre. Personne n'y a cru au début, personne ne s'y attendait. Les hommes se sont battus pour leur religion, pour leur Dieu, car il était forcément celui que tous les autres habitants de la terre devaient adorer. Puis, cette cité s'est transformée en un champ de ruines et d'esclaves. Beaucoup de gens ont dû descendre dans les caves pour survivre. D'autres ont été parqués dans des camps, exhibés au zoo, car leur religion était abhorrée. »

Fatigué, il se tourne vers ses compagnons et reprend : « Un jour maudit, tout a commencé. Les hommes ont recommencé à s'entre-tuer, la peur est revenue hanter l'humanité. Cette date, à graver dans votre mémoire à jamais, était un 11 septembre. Il faudra maintenant vous en souvenir. »

L'aube se lève sur New York. Pourtant cette nouvelle clarté ressemble à une nuit éternelle. Un nuage opaque de cendres et de mort recouvre les hommes et les enfants.

Le galet rouge sang

Quand Yuna arrive en Bretagne, elle s'installe toujours sur le port de Douarnenez. Elle ne vient ici qu'en dehors de la période estivale. L'hiver, l'endroit retrouve sa vérité. La foule a déserté les plages et Yuna revoit avec plaisir les couleurs originelles de sa région préférée. La petite maison familiale l'attend dans une des ruelles du bourg. Ici sont ses racines. Elle appartient à ces paysages bretons depuis sa plus tendre enfance. Ils l'ont vue grandir. On n'oublie pas le Finistère, même si la vie vous conduit vers d'autres contrées.

Son existence parisienne est souvent stressante et chaotique. Déracinée dans la capitale, elle ne sait pas après quoi elle court sans relâche à longueur de journée. Entre ses quatre murs et les couloirs du métro, elle a des envies d'ailleurs, d'espaces libres. Comme toute la foule compacte qu'elle croise chaque jour, Yuna vit au rythme des horaires de bureau. Dans son agence immobilière, elle s'ennuie souvent et compte avec fébrilité les jours qui la rapprochent des congés. Les rares amis qu'elle côtoie ne l'empêchent pas de souffrir de la solitude. Prisonnière dans un quotidien gris, elle doit alors partir pour ne pas étouffer.

Quand Yuna revient, elle se sent comme débarrassée des suies crasseuses de la ville. Elle retrouve son ancre. Cette force prend racine aussi dans l'histoire de ses ancêtres. Car ses souvenirs se confondent avec ceux de sa famille. Elle est l'héritière d'un passé, la gardienne de secrets ancestraux dont elle doit sauvegarder précieusement les clés. Malgré son départ, les siens, même disparus, sont toujours présents. Leur destin s'inscrit entre les quatre murs de la maison et encore plus loin sur le port, la plage et l'océan.

Le matin, le marché l'accueille avec ses couleurs et ses odeurs de marée. Entre les étals de poissons, les cris des marchands, l'agitation des badauds, Yuna retrouve le plaisir d'acheter des produits frais, de manger au rythme des saisons. La journée, elle la consacre à de longues promenades sur la plage ou elle reste dans la maison à la recherche de souvenirs, de traces du passé. Le soir, elle attend sur le port le retour des chalutiers. Les marins portent sur leur visage buriné, tanné par les embruns, l'histoire de la mer. Chevaliers infatigables des océans, ces hommes survivent fièrement de leur pêche pour quelque temps encore. Yuna cherche dans leur regard le souvenir de son arrière-grand-oncle. Il était pêcheur, lui aussi. Il a connu ce métier. Pourtant, sa vie a basculé.

Yuna a besoin de répondre aux questions qui la hantent, de comprendre ce qui lui est arrivé. L'image de l'homme qu'elle n'a jamais connu l'obsède. Elle cherche, fouille la maison de la cave au grenier. Le lieu raconte sa famille sur plusieurs générations, il distille des indices comme d'infimes traces qu'elle doit ensuite décrypter. Dans le fond d'une armoire, elle a trouvé derrière des toiles d'araignée une malle d'un autre âge. À l'intérieur, des papiers jaunis du ministère de la Justice et un galet poli, comme taché de sang, étaient soigneusement dissimulés.

Dans ses longues promenades, Yuna marche toujours le long de la plage presque déserte. La mer est une fenêtre ouverte sur l'infini des souvenirs. Le bruit de la houle, le ressac des vagues n'empêchent pas le ciel et la mer de se rejoindre sur l'horizon. Elle ne craint ni les rafales violentes du vent ni la tempête dévastatrice. Les oiseaux de mer, comme des sentinelles discrètes, l'accompagnent. Elle traverse la pluie froide, frêle silhouette habituée aux embruns. Ses longs cheveux noirs flottent au gré des bourrasques et ses yeux sombres cherchent au loin des images du passé.

Ses pas la ramènent souvent vers la baie des Trépassés. Ici, les galets accrochent à ses souliers, les falaises menaçantes la dominent. Le destin tragique de son ancêtre lui revient à la mémoire, comme une pensée obsédante. Elle ne connaît que des fragments de l'histoire. La famille et le temps qui passe ont effacé les lignes, voulant à tout prix gommer la tache indélébile que l'homme honni avait tracée. Yuna ne comprend pas le silence ni la honte des siens qui se sont perpétués pendant des années, de génération en génération. Cela a d'ailleurs commencé bien avant sa naissance.

Aujourd'hui, tous les secrets lui semblent dépassés. Pourtant, elle sait que les Bretons sont fiers et droits. Les anciens ne souhaitent pas aborder les histoires d'antan. Même si Yuna est une fille du pays, elle peut les questionner, leur mutisme reste intact. Certaines légendes celtiques sont tenaces et rien ne s'efface. On ne pardonne pas à ce marin maudit ses choix et son histoire…

Le 24 décembre 1902, Yvonnic attendait la nuit tombée

pour quitter sa petite maison du port de Douarnenez. Il gagnait peu d'argent, le métier de pêcheur était rude et dangereux. Il arrivait que pendant des semaines les chalutiers ne sortent pas en mer à cause des grains trop puissants. Il ramassait aussi du varech sur la plage quand le temps le permettait. Sa vie misérable le rendait amer, angoissé quand il pensait à l'avenir. Il craignait de finir mendiant, cherchant une maigre pitance sur les routes de Bretagne. Dans ses pires cauchemars, il avait peur de mourir de faim et de froid.

Yvonnic ne pouvait assouvir ses ambitions. Car il voulait son bateau, il rêvait de devenir patron de pêche. Il souhaitait une vie meilleure pour lui et sa future famille, à l'abri de la misère et de la pauvreté. Il ne pouvait envisager l'avenir, le mariage avec une fille du pays, sans plus d'argent et de sécurité. Même une ouvrière de l'usine de sardines ne lèverait les yeux sur un pauvre marin désargenté. Malgré les dangers, il avait décidé de devenir hors-la-loi. Quand on est jeune, on ne réfléchit pas assez aux conséquences de ses actes.

Vers 11 heures du soir, rejoint par trois autres pirates, il descendit vers la baie maudite. La tempête faisait rage. Les embruns leur balayaient le visage. Les trois amis avançaient lentement, insensibles au froid qui les transperçait. Ils ne se parlaient pas, donnant seulement des ordres à l'âne attelé à la charrette qui les accompagnait.

Au cours de plusieurs soirées, ils avaient mis en place leur plan diabolique, se jurant d'aller jusqu'au bout de ce qu'ils avaient échafaudé.

Dans la nuit sans étoiles, ils ne se posaient plus de questions. Rien ne ferait fléchir leur détermination. Ils voulaient pouvoir vivre et profiter de leur jeunesse, quitte à devenir des assassins. Les caisses d'or, de métaux précieux qu'ils voulaient récupérer devenaient un butin inestimable. Après leurs méfaits, ils quitteraient le pays et pourraient profiter à loisir d'un trésor partagé à parts égales.

Sur la plage de galets, ils allumèrent des torches. Ils avaient tout prévu, il leur suffisait d'attendre pour resserrer leur piège sur une cargaison et des marins innocents. Bientôt, un navire arriva au loin. Minuscule coquille dans une mer déchaînée, le bateau crut arriver au port. Dévié, il s'écrasa sur les rochers. Longtemps, on entendit les râles des hommes qui se noyaient dans l'océan glacé. Les caisses flottaient sur la mer déchaînée avant de couler. Yvonnic et ses trois compères les hissèrent à bord d'une barque avant qu'elles ne disparaissent dans les abîmes. Pourtant, les hommes n'étaient pas indifférents à l'agonie terrible des marins de la goélette. Pour le pêcheur de Douarnenez, c'était trop tard. Son destin tragique était scellé dans l'horreur du crime qu'il avait, avec ses camarades, perpétré.

Durant la nuit, ils ramassèrent le trésor, usant de toute leur force. Au petit matin, épuisés, trempés par l'eau glacée, ils rentrèrent cacher leur charrette dans une cabane isolée sur une des falaises qui dominaient le port.

Les quatre hommes savaient qu'ils devaient attendre avant de pouvoir profiter de l'or et des métaux précieux amassés. Le drame du naufrage faisait grand bruit dans la région. Chaque jour, on retrouvait les corps des marins sur la plage, la marée repoussant les cadavres sur le sable comme si on ne pouvait les oublier. Les habitants du village s'interrogeaient sur ce qui s'était passé cette fameuse nuit de décembre. Un vieil homme, caché entre deux rochers le soir du drame, avait assisté à la scène et ce seul témoin n'allait pas tarder à parler.

Chaque soir, Yvonnic repensait à la baie maudite. Il ne sortait plus de chez lui. Ses cauchemars le transformaient peu à peu en une ombre pleine de remords et de regrets. Il ne pouvait croire que l'or l'ait transformé en assassin. Ses ambitions d'une vie meilleure, ses rêves étaient enterrés. Le soir, on distinguait par la fenêtre de sa maisonnée sa silhouette fantomatique recroquevillée au coin de la cheminée.

Les rumeurs étaient bien sûr arrivées aux oreilles de la maréchaussée. Après avoir interrogé l'unique témoin, leur enquête les mena sans trop de recherche chez Yvonnic. Il fut arrêté au petit matin. Presque soulagé, il n'opposa aucune résistance aux gendarmes. Quand il quitta la maison du port, il ne resta sur la table qu'un bol de café froid et un minuscule galet taché du sang de la baie des Trépassés.

Le procès à Quimper attira une foule compacte devant le palais de justice. On voulait voir et cracher sur les hommes qui avaient osé commettre le massacre. On ne pouvait pardonner à des marins d'en avoir assassiné d'autres. La haine se lisait sur les visages de toutes les familles des victimes, au tribunal. La vindicte populaire devenait inéluctable et la mort pour les trois pêcheurs de Douarnenez était inévitable.

Yvonnic consacra ses dernières heures à écrire une lettre à son frère. Il ne pouvait expliquer ses actes, mais il lui devait la vérité, sa vérité. La famille ne devait pas être maudite pour ce qu'il avait fait, il savait qu'elle ne lui pardonnerait jamais ses crimes. Il espérait seulement que sa mère lui laissait encore une place dans son cœur. C'était sa seule faute, l'erreur de sa vie.

Il fut pendu un matin dans la cour de la prison et enterré dans une fosse commune à Quimper, loin du port de Douarnenez. Personne ne vint le pleurer et pendant des années, les proches effacèrent de leur mémoire l'image de ce fils banni…

Pour Yuna, cette histoire comporte toujours sa part de mystère. Elle n'a jamais retrouvé la fameuse lettre qu'elle a cherchée dans tous les recoins de la maisonnée. Son aïeul a dû la brûler pour éviter qu'elle ne tombe entre des mains indélicates. Seul un papier administratif jauni par les années annonce sèchement la mort d'Yvonnic. La demeure a effacé ses traces, comme si l'homme n'avait jamais existé.

Dans ses rêves, elle retrouve le marin perdu, imagine la fameuse nuit de décembre. Les tourments d'Yvonnic sont éternels et il l'appelle à l'aide désespérément. Un lien les unit tous les deux par-delà le passé et le présent. Le fantôme ne l'effraie pas, elle accepte sa présence à ses côtés. Même si elle ne peut rien pour lui, elle le comprend et lui pardonne ses erreurs. Il a payé sa dette et doit désormais reposer en paix. Les autres peuvent croire ce qu'ils veulent ou juger trop vite. Cela fait longtemps que Yuna pense et vit librement.

Bientôt, elle abandonnera sa vie parisienne trop trépidante pour venir s'installer ici en Bretagne. Courir après l'argent, passer des heures dans un bureau à attendre la fin de la journée ne l'intéresse plus. Elle a décidé de s'installer près des siens et de la mer. Elle cherchera du travail, vivra dans la maison et restera à Douarnenez. Elle n'aurait jamais dû partir. Son séjour à Paris était une erreur de jeunesse, mais à la différence d'Yvonnic, elle peut encore tout remettre en question.

Même si Yuna reste profondément attachée à ses racines, cette vieille histoire n'a plus guère d'importance aujourd'hui. Les légendes bretonnes restent des traditions désuètes qu'on oublie peu à peu. Seuls quelques anciens connaissent et racontent encore aux plus jeunes les aventures de leurs aïeux.

Pourtant, le soir de Noël, on entend les râles des marins morts en mer au large de la baie des Trépassés.

On peut aussi voir une femme marcher le long de la plage. Elle sait où elle va. Son regard porte loin sur l'océan. Il accompagne tous ceux qui vivent et meurent en mer. Comme un talisman, un galet rouge taché de sang est couché dans une poche de son caban.

La rencontre inachevée

Les arbres ont perdu de leur majesté. Il fait chaud et humide. L'air est souvent lourd d'odeurs moites, de matières en décomposition. La jungle n'est jamais hospitalière pour des inconnus. Il faut savoir l'apprivoiser et surtout vivre à son rythme. Ses arbres immenses, ses pistes souvent impraticables découragent même les plus courageux. Il faut du temps pour avancer à coup de serpette à travers les lianes, à l'affût du moindre danger. On ne sait jamais quels serpent ou mygale on peut croiser.

Maria est depuis maintenant deux semaines dans la forêt amazonienne. Elle est partie avec une ONG à la recherche de la fameuse tribu des Hibas. Infirmière depuis plusieurs années, elle traverse le monde pour aider les populations en difficulté. La vie nomade qu'elle mène est une vocation dont elle accepte les risques. Elle a besoin d'aventures, d'adrénaline, et refuse pour l'instant de travailler dans un établissement hospitalier parisien, craignant de s'enfermer dans une routine ennuyeuse. Encore une fois elle a repris son sac, quittant son appartement, enthousiasmée par une nouvelle mission en Amérique latine, enchantée de découvrir un continent qu'elle n'a jamais exploré. Après plusieurs heures d'avion et quelques jours sur des pistes en 4x4, le voyage se poursuit à pied au cœur de l'État du Mato Grosso.

Toute l'équipe de deux médecins et trois infirmières doit

retrouver les Indiens avant qu'ils ne disparaissent. Ils ont peu d'informations sur les Hibas. Ils savent qu'ils sont menacés d'extinction, car ils vivent principalement de la nature, de la forêt. Comme ils se méfient des Blancs, les rares contacts que l'on pouvait avoir avec eux se sont espacés, ils ne veulent pas avoir affaire avec les autorités. Ils se cachent de plus en plus profondément dans la forêt, protégés par les derniers arbres qui surplombent encore la jungle.

Dans le pays, on a fixé des priorités. L'installation de barrages hydrauliques, la culture du soja représentent l'avenir, le progrès. Le développement économique est primordial et s'établit aux dépens des dernières populations indigènes. Le poumon vert de l'Amazonie meurt dans l'indifférence générale.

Car la déforestation avance inexorablement, en détruisant la nature sur son passage. Il n'est pas rare que leurs pas les conduisent vers des clairières artificielles. On coupe les arbres sans prendre en compte le fait qu'ils soient essentiels à la vie. Pendant la journée, ils entendent les claquements des tronçonneuses, les vrombissements des machines qui débitent inlassablement le bois comme si les scieries s'étaient engagées dans une course effrénée au profit. Le soir, Maria écoute les plaintes des animaux qui ne savent plus quoi manger, où vivre. Eux aussi, on les assassine, on les sacrifie sur l'autel du progrès, sans penser à l'écosystème si fragile ni au bien-être des générations futures. Seuls les moustiques prolifèrent, indésirables suceurs de sang et porteurs de maladies transmissibles.

Dans la région dévastée, ils doutent de plus en plus de retrouver les descendants des Hibas. L'équipe avance tant bien que mal à la suite des guides que le gouvernement leur a alloués. Le matériel médical commence à peser lourd sur leurs épaules. Maria ne sait pas si son expérience d'infirmière peut être utile dans cette expédition. Elle commence à se poser des questions. Sa vocation est pourtant tenace, mais le voyage et les conditions dans lesquelles ils l'effectuent l'épuisent. En tant qu'humanitaire, elle a déjà vécu des séjours difficiles. En Afrique, en Asie, elle a connu des conditions de travail souvent éprouvantes, écrasée par la chaleur, démunie par l'ampleur de la misère dans des bidonvilles surpeuplés.

La jeune femme se sent mal à l'aise dans la jungle mystérieuse, si difficile d'accès. Elle n'ose se plaindre, mais elle a de plus en plus de mal à avancer. En proie à des migraines, elle s'angoisse, craignant d'être malade et de devenir un poids pour ses compagnons de route. Elle sait aussi qu'ici règne la loi du plus fort et que la mission n'est pas sans danger. À tout instant, ils peuvent être attaqués.

Un jour, enfin, ils retrouvent les Hibas. Au bord du fleuve, une poignée d'hommes et de femmes vivent dans des cases. Une eau boueuse chemine entre les cabanes à peine entretenues. Une odeur de déchets épouvantable entoure le village. À leur arrivée, tandis qu'ils sont hagards et déboussolés, les Indiens les dévisagent, ne semblant pas comprendre leur présence. Puis, chacun vaque à ses occupations ou rentre dans sa hutte. Même si leur accueil est froid, car personne ne s'est approché, l'équipe est heureuse de les avoir enfin trouvés. Leur recherche n'a pas été vaine, le voyage éprouvant à travers la jungle est enfin terminé.

Dans les heures qui suivent, médecins et infirmiers

installent peu à peu le campement sanitaire, comme prévu. Ils sont fiers de sortir des sacs leur matériel médical, de mettre en place leur organisation. Les tentes sont installées en arc de cercle, l'équipe trouve de quoi monter des étagères, ranger les pansements, les seringues et les vêtements stérilisés. Le soir, ils se retrouvent, fiers du travail accompli, prêts à accueillir dès le lendemain le premier malade qui se présentera.

Malheureusement, au fil des jours, l'hôpital de fortune reste désespérément désert. Les soins qu'ils peuvent leur apporter, les Hibas n'en veulent pas, ils ne s'approchent pas du dispensaire. Maria enfile chaque jour une blouse blanche inutile. Elle devient une infirmière fantôme. Le vide des journées à ne rien faire et à attendre un patient qui ne vient pas la désespère et accentue ses angoisses. Devant la porte bâchée, elle reste assise de longues heures à jouer aux cartes avec ses collègues. Son regard porte souvent vers les cases des Indiens, mais elle voit bien qu'ils ne souhaitent pas approcher.

Pourtant, les hommes et les femmes qui vivent dans les cases insalubres ne semblent pas en bonne santé. Certains vieillards auraient besoin d'être auscultés et les enfants ne sont pas vaccinés. Les silhouettes qu'ils distinguent sont tremblotantes et amaigries. Ils n'ont sûrement jamais vu de médecin de leur vie, préférant les incantations du chaman pour soigner tous les maux qu'ils peuvent endurer. Il est difficile pour l'équipe médicale de rivaliser avec le sorcier, également chef du village, qui ne s'est d'ailleurs pas présenté depuis leur arrivée.

Le soir, après un dîner frugal, ils se réunissent dans la plus grande tente aménagée. Les débats sont souvent houleux et désespérés. L'échec de l'opération leur fait mal. Personne ne se présente à l'accueil du dispensaire, les tables d'opération demeurent désespérément vides, les draps des lits de camp restent immaculés. Ils ne sont pas les bienvenus sur le territoire des Hibas et ils cherchent à comprendre pourquoi on refuse leur présence et leur aide.

Les réponses qu'ils trouvent aux questions qui les taraudent les font souffrir. Ils ont du mal à accepter la réaction des Indiens et refusent de croire qu'ils peuvent avoir une part de responsabilité dans leur destin. Ils ne veulent pas se sentir coupables du crime qui se déroule pourtant devant le monde entier.

Le cynisme et l'arrogance des Blancs ont entraîné la perte de la tribu. Ils ont détruit la forêt, ils ont détruit leur village. Pour l'instant, les anciens refusent de quitter la terre sur laquelle ils sont nés. Même si la jungle disparaît, ils termineront leur vie au milieu des arbres déracinés, décidés même à se battre si on doit les expulser. Les jeunes, fuyant la misère, partent vers la ville grossir les favelas. Ils espèrent ainsi trouver le bonheur dans des baraquements surpeuplés, dans des cités violentes où règnent la violence et le trafic de drogues, loin, si loin de la forêt de leur enfance.

Peu à peu, la dernière tribu amazonienne qui appartient peut-être à une autre époque meurt dans l'indifférence générale. Bientôt, il ne restera qu'une équipe de télévision pour venir filmer l'agonie d'un peuple ancestral. Avec leur bourdonnement intempestif, les hélicoptères tourneront au-dessus du village. Les caméras filmeront d'un œil inquisiteur les dernières cases d'un village bientôt englouti pour des téléspectateurs friands d'émotions et des malheurs de la planète.

L'ONG va plier bagage. L'équipe range le matériel et démonte les tentes inutiles. Le voyage laisse un goût amer à Maria. Ses certitudes s'écroulent, une faille s'est creusée dans sa vocation qu'elle croyait inébranlable. Il aurait fallu laisser les Hibas vivre en paix comme eux ont laissé en paix les autres peuples. Maintenant, il est trop tard. La tribu appartenait à la forêt et elle mourra avec elle.

Sa dernière promenade la conduit au bord de l'Amazone. Il pleut et des troncs d'arbres jonchent le sol. D'autres, comme d'énormes coquilles vides, remontent le courant vers elle ne sait quelle entreprise « d'exploitation forestière ». La forêt, poumon du monde, perd de sa grandeur, de sa majesté légendaire. Elle s'en rend compte chaque jour. Ses pas glissent sur le sol boueux et bientôt elle est trempée par la pluie tropicale qui tombe sans discontinuer. Ses yeux croisent alors le regard sombre d'une femme enceinte qui lave ses vêtements au bord de l'eau. Elle est jeune et travaille avec ardeur, savonnant énergiquement le tissu avant de le tremper dans le fleuve. Un long pagne déchiré couvre ses épaules, mais ne dissimule pas l'enfant qu'elle attend. Les yeux experts de Maria pensent qu'elle doit bientôt arriver au terme de sa grossesse. La jeune fille dévisage lentement l'infirmière. Elle doit savoir qu'elle fait partie de la mission sanitaire. Peut-être a-t-elle pensé venir au dispensaire pour son futur bébé ? Pourtant, elle ramasse son linge et fuit d'un pas assuré, sans même se retourner. Le soir tombe lentement sur la forêt. Les arbres se dressent comme des ombres menaçantes, derniers vestiges d'un monde voué à la disparition. La solitude de Maria se fait encore plus immense.

Dans l'avion qui la ramène en France, Maria cherche le repos et voudrait s'endormir. Son fauteuil n'est guère confortable et elle ne sait quelle position adopter pour trouver le sommeil. Comme une obsession qui revient sans qu'elle puisse s'en détacher, elle pense à cette dernière promenade au bord du fleuve. La silhouette de la femme enceinte s'éloigne, alors que les mains de Maria l'appellent sans pouvoir la retenir.

Il ne restera de ce voyage qu'une rencontre inachevée…

Le châle multicolore

Quand le soleil se lève lentement derrière les caravanes, Helena pense qu'ils devront encore partir. Les gendarmes sont arrivés vers 10 heures avec un avis d'expulsion. En voyant leur camionnette, elle a vite compris qu'on ne souhaitait plus leur présence dans le quartier. Il fait froid, le mois de décembre va être terrible. Voyager dans des conditions pareilles sera encore plus difficile.

Née dans un village à Timisoara, Helena est Rom. Là-bas, ils manquaient de pain, d'un champ où installer la caravane. Les persécutions des paysans devenaient de plus en plus insoutenables. La violence à leur égard transformait peu à peu leur vie en enfer. Chaque jour, elle craignait qu'on tue son mari ou qu'on s'en prenne à l'un de ses enfants. Pour ne pas mourir de faim et aussi de terreur, Helena et sa famille ont fui, à la recherche d'un eldorado.

Pour eux, la France, c'était l'espoir d'un travail et d'une vie meilleure avec de quoi manger dans leurs assiettes. On croit toujours que la vie sera plus sereine ailleurs. Ils pensaient que la peur, leur compagne infernale, allait les laisser en paix. L'Hexagone reste une terre d'accueil pour tous les bannis de la Terre. Enfin, ils le croyaient !

Fuyant la capitale, ils ont traversé une partie du pays, roulant vers l'ouest. Après Nantes, ils se sont installés dans la zone industrielle de Rezé, près de la décharge. Pour combien de temps ? Les gens ne veulent pas d'eux ici. Ils ne sont que des voyous, « des voleurs de poules », comme ils disent. Déracinés, exilés à perpétuité, ils devront reprendre la route une fois encore, nomades à jamais sur la Terre.

Chaque jour, avec sa fille Maya, Helena va chanter et faire la manche dans Nantes, à cinq kilomètres. Elles partent vers 10 heures, emmaillotées dans leurs longs châles multicolores. Leurs deux silhouettes solitaires se découpent sous le soleil hivernal. Indifférentes au regard souvent hostile des autres passagers, elles continuent à prendre le bus et le tramway pour se déplacer. Dans le centre, elles s'installent à un passage piétonnier près des grands magasins. C'est bientôt Noël et elles fredonnent des airs roumains ou tziganes. Les passants sont souvent pressés, certains s'arrêtent pour les écouter. Rares sont ceux qui jettent quelques pièces dans la coupelle à leurs pieds.

La rue est un petit monde où survivent les paumés, les perdus. Pourtant, on peut aussi tendre la main et s'accepter. Le marchand de kebab leur fournit des sandwichs à un prix réduit. Le vieux SDF au coin de l'immeuble en face a beaucoup grommelé quand elles sont arrivées. Maintenant, il ne dit rien. Chacun a son territoire et doit respecter celui de l'autre.

Cela fait longtemps que Maya et Helena ont compris les règles de cette vie. La solitude et la misère sont devenues les compagnes de leur quotidien.

Le matin du 15 décembre, un froid glacial transperce les rares passants de la rue. Le soleil a du mal à traverser un brouillard impénétrable. Helena se réchauffe tant bien que mal, collée au corps de sa fille. Comme d'habitude, elles ont déplié par terre un grand carton qu'elle cache chaque soir dans une poubelle.

Quand l'explosion se produit dans un fracas épouvantable, les vitres du grand magasin volent en éclats. Tout devient étrange. Un silence de plomb s'abat quelques secondes sur la ville. Maya est pétrifiée, sa bouche dessine un rond, mais aucun son ne sort de ses lèvres. Helena touche le visage de sa fille ; elle est saine et sauve, seulement choquée par la déflagration. Une femme sort en titubant du magasin, le visage en sang. Elle commence à hurler, paniquée et à bout de nerfs. Derrière elle, une épaisse fumée noire s'échappe de l'immeuble et se propage dans la rue. Malgré le choc, Helena décide d'entrer, de voir ce qu'il se passe à l'intérieur. Elle se lève, déplie ses jambes tremblotantes et prévient Maya : « Attends-moi ici, ne bouge pas, je vais dans le magasin. Je reviens très vite. »

Quand elle passe la porte, elle avance lentement, car l'obscurité l'empêche de se repérer. Toutes les ampoules ont éclaté, seule la lumière du jour filtre doucement à travers les vitres brisées. Des étalages de boîtes de conserve sont retournés, des vêtements jonchent le sol. Tout semble détruit, saccagé, comme après un orage dévastateur.

Helena poursuit sa route à tâtons. Elle ne sait pourquoi, mais son intuition lui commande de continuer. Soudain, son regard est attiré par des corps sur le sol, des mares de sang qui s'agrandissent lentement à ses pieds. Une nausée terrible remonte dans sa gorge. Sa tête tourne, elle s'accroche un moment à une table renversée.

Quand elle entend des gémissements, des plaintes, des pleurs, elle n'ose tout d'abord y croire. Elle cherche à atténuer les battements de son cœur pour mieux écouter les sons qu'elle perçoit. Sous une table, Helena découvre un enfant en larmes, son doudou dans les bras. Il est terrorisé, mais ne semble pas blessé. Il faut faire vite. Elle s'assoit à ses côtés et le regarde gentiment. Il se calme peu à peu, sans doute réconforté par la présence d'un adulte. Elle le prend doucement par la main.

Il murmure : « Maman, je veux ma maman. » Helena l'apaise d'une voix rassurante : « Viens, on va sortir, on va retrouver ta maman. » Elle espère, espère tellement que sa mère est indemne. La petite main du garçon s'accroche fortement à la sienne. Leur périple va être long pour trouver la sortie. Des flammes envahissent maintenant les meubles tout autour et se propagent dans le magasin. Elle le prend dans ses bras et l'enveloppe dans son châle. Il fait chaud, elle respire mal, suffoquée par les inhalations. Ses mains cherchent une issue, un moyen de quitter cet enfer, ses pas sont de plus en plus hésitants. L'incendie les entoure et les emprisonne. Helena a l'impression que ses doigts brûlent, que bientôt ils seront tous les deux transformés en torches humaines. L'enfant sanglote toujours mais, comme un petit bonhomme courageux, il ne se plaint pas et s'accroche à son épaule. Enfin, une main ferme s'appuie sur son dos. Un casque de pompier apparaît comme un phare dans la tempête, comme leur salut à tous les deux. Ils sont sauvés, des larmes coulent sur le visage d'Helena. L'homme semble soulagé de les avoir trouvés sains et saufs. Il lui dit : « Venez avec moi, je vous mène vers la sortie. » Helena sourit, elle le suivrait au bout du monde. Il la soutient jusqu'à une porte de secours. Leurs yeux retrouvent la lumière du petit matin.

Dehors, des silhouettes l'entourent rapidement et la conduisent en lieu sûr. Des sirènes hurlent à ses oreilles. Un plan d'urgence a été activé. Un périmètre de sécurité a aussi été installé. Les services d'urgence arrivent pour évacuer des blessés. Des personnes hagardes, désorientées, sortent du magasin. Certaines sont sur des brancards, ensanglantées. Cette vision d'apocalypse la laisse choquée et elle avance comme un automate. Le petit garçon se serre fortement contre elle. Helena lui murmure : « Tout va bien, nous sommes sauvés maintenant. » Un médecin lui prend l'enfant pour l'examiner. Elle le laisse faire, un peu attristée. Il la quitte en sanglotant et dépose son doudou dans ses mains. Pendant quelques instants, elle regrette cette brutale séparation.

On conduit Helena dans une ambulance. Elle retrouve sa chère Maya, un peu effrayée mais heureuse de revoir sa mère. Non, elle ne veut pas qu'une infirmière regarde si elle est blessée. Elle répond laconiquement aux questions de la police : « Je n'ai rien vu ni avant ni dans le magasin. Pas besoin d'hôpital, je verrai le médecin du campement. » Devant ses silences, les policiers n'insistent pas. Pour eux, Helena n'est qu'une Rom. Comme les autres, elle ne répondra pas à leurs questions. Puis, elle a fait preuve d'un certain courage, même si personne ne la remercie. Trop occupés par les victimes de l'attentat, les gendarmes les laissent partir. Dans un nuage, elle voit une femme serrer l'enfant contre sa poitrine et s'éloigner dans la rue. Il a retrouvé sa mère. Helena se sent soulagée et heureuse pour l'enfant, son petit compagnon d'infortune.

Au campement, après plusieurs jours, la vie reprend son

cours. Les cauchemars les amènent chaque nuit à revivre l'explosion et la tragique matinée. Maya ne dit rien, mais retrouve peu à peu sa joie de vivre. On cherche toujours les coupables de l'attentat. Helena a compris en regardant le journal que l'on comptait une dizaine de victimes. Elle s'interroge, face à la violence gratuite qui surtout touche des innocents. Pour l'instant, elles ne retournent pas chanter dans la rue, le traumatisme est trop récent, elles attendent que le temps efface peu à peu les blessures. Les journées s'écoulent doucement sous l'auvent de la caravane.

Ce matin, Helena prépare le repas en évitant de penser à l'avis d'expulsion déposé par les gendarmes. Elle sait pourtant qu'elle devra ranger et préparer le chargement pour un nouveau départ. Les légumes sont gelés et ses doigts sont bientôt glacés de les laver et de les éplucher. Elle n'entend pas l'enfant arriver avec sa mère. Il est là devant elle et se jette une nouvelle fois dans ses bras. À la fois surprise et ravie de retrouver son petit compagnon, elle le serre tendrement contre sa poitrine. Sa mère, un peu embarrassée, lui dit en souriant : « Je voulais vous remercier et Léo encore plus. Il ne vous a pas oubliée, il parle souvent de la dame du magasin. » Le cœur d'Helena déborde, elle est si heureuse de le revoir.

Elle va chercher sa peluche qu'elle avait soigneusement rangée dans la caravane. Léo n'en veut pas. Il la regarde en riant et lui dit bravement : « C'est mon cadeau du jour du magasin, on ne reprend pas un cadeau. Tu es ma bonne fée. » Les quelques mots font sourire Helena. C'est la première fois qu'on la remercie de cette manière.

Le soleil traverse les nuages de décembre et réchauffe

lentement la terre. Les retrouvailles durent quelques instants. Dans ses bras, Léo a retrouvé une place presque habituelle, serrant entre ses petites mains les mailles du châle multicolore. Cependant, devant l'insistance de sa mère, il comprend qu'il doit partir. Helena l'embrasse une dernière fois. Bientôt, les deux silhouettes quittent le campement. Elle les regarde s'éloigner jusqu'à ce qu'elles disparaissent pour l'éternité. Comme elle se sent en paix, presque sereine. L'exil lui semble pour la première fois si loin. Elle aurait presque l'impression fugace et irréelle que deux ailes poussent le long de ses bras. Une Rom si légère.

Le café au lait

Chaque matin, Nina vérifie l'heure affichée sur la pendule et tourne le bouton de la radio. Elle écoute son horoscope de 9 heures. Elle ne peut se soustraire à l'un de ses rituels préférés. Avec son café, elle a besoin de connaître ce que lui présage son signe astrologique, même si elle oubliera les commentaires de l'astrologue dans les minutes qui suivent. Avant, elle n'est pas réveillée, après, les rêves de la nuit s'évanouissent, les idées deviennent plus claires et la journée peut commencer.

Quand la sonnette de l'entrée retentit, Nina est un peu surprise.

Pendant la semaine, elle reçoit peu de visites. Travaillant à domicile, elle gère un site Internet et fixe ses horaires de travail comme elle le souhaite. Son mari, en déplacement, quitte l'appartement de Rennes chaque dimanche soir et ne revient que pour le week-end. Ses amis, qui la savent derrière son écran, la dérangent rarement ou en tout cas préviennent de leur arrivée. Quand elle ouvre la porte, Olivia est sur le palier, un sac sur l'épaule.

— C'est moi !

— Oui, je vois que c'est toi ! Olivia, tu as vu l'heure ? Qu'est-ce que tu viens faire chez moi ?

— Je pars et j'aimerais que tu préviennes ma mère que je m'en vais.

Nina se fige, la main toujours appuyée contre le chambranle de l'entrée. Sa journée risque de ne pas être aussi tranquille qu'elle l'avait espérée. Les ennuis commencent, mais elle n'a pas le choix et doit l'accueillir.

— Rentre. Tu vas m'expliquer. Je te prépare un café.

— Avec du lait. Je veux bien.

Olivia est la fille d'une amie. Pour Nina, c'est une adolescente plutôt tourmentée qui doit bientôt passer son bac. Elle la connaît mal, car pendant les soirées elle fuit les adultes, se réfugiant dans sa chambre et préférant la télévision à leurs discussions ennuyeuses. Avec sa mère, les relations sont houleuses, la jeune fille suivant une scolarité chaotique, peu intéressée par ses cours, passant des heures sur son portable ou sur les réseaux sociaux.

Sa frêle silhouette est toujours habillée de jeans larges et de pulls informes. Les cheveux sont rasés au plus court et mettent en valeur ses yeux marron foncé. Ses seules marques de féminité sont une énorme boucle d'oreille en bois et un piercing sous les lèvres. Son apparence d'écorchée vive reflète un esprit rebelle. On a du mal à savoir ce qui se cache derrière son visage encore enfantin.

Olivia lance son sac sur le canapé et s'installe sur un des tabourets de la cuisine. Nina dépose une tasse devant elle et se ressert un autre bol. Elle sait qu'elle va en avoir besoin. Cette journée ne commence pas sous les meilleurs auspices. Cette arrivée impromptue gâche déjà sa matinée.

— Bon, je t'écoute. Qu'est-ce que c'est que cette histoire ?

— Avec mon copain, on est invités à un festival de techno ce week-end en Vendée. Après, on part. On va vivre dans un camion, voyager en France, trouver des petits boulots.

— Et ton Bac ?

— Je m'en fiche. De toute façon, je m'ennuie au lycée et j'ai pas envie de continuer des études. Tous mes amis s'inscrivent au chômage. Je préfère m'en aller que rester à la maison.

— C'est pas un coup de tête, cette décision ?

— Non, j'ai bien réfléchi. Je changerai pas d'avis !

Nina soupire, tourne la cuillère dans son bol et regarde Olivia.

Elle est encore mineure et ne se rend sûrement pas compte des dangers qu'elle va rencontrer à sillonner les routes. Elle risque de regretter amèrement le cocon familial et vouloir rentrer à la maison à la moindre contrariété. Elle réfléchit et pense prévenir sa mère. Toute cette histoire ne la regarde pas et d'ailleurs, elle n'a pas envie de s'en mêler. Elle ne peut pas apporter grand-chose à l'adolescente en crise.

Comme certaines femmes, elle ne s'est jamais vraiment sentie concernée par la maternité. Quitte à passer pour un monstre, elle n'a pas voulu avoir d'enfants et n'a jamais regretté sa décision. Dans un monde si compliqué, il faut une bonne dose de courage pour leur apporter l'amour nécessaire et les voir grandir en toute sérénité. Nina pense qu'être parent reste un vrai parcours du combattant.

— Je vais appeler ta maman, tu vas lui expliquer tout ça ! Je la connais, elle doit s'inquiéter si tu n'es pas au lycée !

— Non, je veux pas. Elle m'écoute pas. Cela fait plusieurs semaines que je sèche les cours, elle n'est même pas au courant. C'est bon, elle m'interdit tout. J'ai pas le droit de sortir, d'aller à des fêtes, de fumer, de boire… Elle m'interdit tout, pour mon bien ! Tu vois ?

— On vit tous avec des interdits. Toi, tu es encore mineure. Tu pourras partir quand tu auras dix-huit ans, faire ce que tu veux. L'important, c'est que tu parles avec ta mère, pas avec moi !

— Ça servira à rien !

— Je vais la joindre, elle va venir te chercher. Vous allez discuter. Tu vas voir, elle va comprendre. De toute façon, je n'ai pas le choix. Je dois la prévenir. Maintenant, si tu veux partir sans la voir, tu risques de ne pas aller bien loin ! C'est la police qui va te rechercher !

Nina sait que ses dernières paroles ont impressionné Olivia et s'en veut de lui avoir fait peur. La jeune fille s'est tassée sur sa chaise, baisse la tête, dépitée, les yeux bordés de larmes. Le piège semble s'être refermé sur elle, ses projets de fuite sont avortés. Elle pense peut-être qu'elle n'aurait jamais dû sonner à la porte de chez elle.

Tant pis, Nina compose le numéro sur son téléphone et appelle son amie. Inquiète de savoir sa fille chez elle, cette dernière promet d'arriver au plus vite. Les déceptions de l'adolescente se lisent sur son visage, la perspective de revoir sa mère et de s'expliquer avec elle ne l'enchante guère. Pourtant, ce n'est pas une effroyable mégère et le fil n'est probablement pas coupé avec sa fille. Elles peuvent sûrement trouver un terrain d'entente et une solution pour sortir de leurs conflits. Nina verse de nouveau deux cafés et sourit à Olivia pour la rassurer.

— Tu ne dois pas regretter d'être venue. Tu as eu raison.

— Tu parles, j'aurais mieux fait de partir sans rien dire !

— Je crois que tu aurais fait une grosse bêtise de t'enfuir comme ça ! Tu aurais regretté ta fugue !

— J'ai pas envie de parler à ma mère. Elle veut rien comprendre. Tu vas rester ? Quand tu es là, elle est plus sympa !

— Non, c'est avec elle que tu dois t'expliquer. Je ne veux pas me mêler de vos histoires, ça me regarde pas.

— C'est pas cool, ce que tu dis !

— C'est avec ta mère que tu vis. Après, je veux bien t'aider, tu peux toujours venir me voir quand tu veux. Mais, je vais pas cautionner toutes tes bêtises !

Olivia esquisse un pauvre sourire par-dessus la table. Quand deux coups sont frappés à la porte, Nina se lève et va ouvrir. Son amie, le visage inquiet, se faufile dans la cuisine. Elle dévisage sa fille, plus soulagée de la retrouver qu'en colère. Pour rompre le silence pesant qui s'installe, Nina prend son sac et prévient d'une voix douce.

— Je vous laisse toutes les deux. Vous avez des tas de choses à vous dire. Je vais me promener. Appelez-moi sur mon portable quand vous aurez fini. Je ne serai pas très loin. Ah, et puis il reste du café, si vous voulez !

Nina enfile sa veste, replace une mèche de son chignon en se regardant dans la glace de l'entrée et sort sans attendre de réponse. Dans sa petite cuisine, la discussion se déroulera plus simplement entre la mère et la fille, même si elle sera probablement ponctuée de larmes et de mots un peu vifs.

Après sa matinée imprévue, elle a besoin d'un bon bol d'air pour se rafraîchir les idées et réfléchir à la visite d'Olivia. Marcher va lui procurer le plus grand bien. Il y a quelques années, elle aurait peut-être réagi différemment, mais aujourd'hui, en face de l'adolescente un peu perdue, prévenir son amie lui semblait la seule solution.

En ce jour de printemps, les rayons du soleil réchauffent doucement la température et la terre. Les jonquilles parsèment les pelouses du parc du Thabor de multiples couleurs jaunes, comme des taches de rousseur vivifiantes. Nina va s'asseoir sur un banc et regarde machinalement les enfants jouer sur les toboggans. Elle repense à Olivia, son mal-être et sa peur du futur. Elle espère que la jeune fille trouvera sa voie, l'espoir en l'avenir et une vie plus heureuse.

Nina le souhaite. Comme une mère qu'elle n'a jamais été…

La complice

Vidée, Laura se sent à bout de forces, au bout du rouleau, au bout d'elle-même. Elle a mis trois heures à terminer la lecture du livre. Il est temps. Sa tête explose. Une nausée lui remonte du fond des tripes, comme après une course acharnée.

21 heures, elle pose en tremblant le roman sur la table. En liberté conditionnelle, Laura porte un bracelet électronique à la cheville, la tenaille lui enserre souvent douloureusement les chairs. Elle ne peut s'éloigner de la ville de plus de vingt kilomètres. Lire comble sa solitude, lui évite de se cogner la tête contre les murs de sa mansarde du quartier Dobrée. Ce soir de mars, une pluie fine et régulière tombe sur Nantes. Sous la brume, les lumières des bars de nuit des quais de la Fosse deviennent blafardes et clignotantes.

Cachée dans sa piaule, elle se croyait à l'abri, protégée du monde extérieur. C'était avant, avant qu'un drôle de bouquin ne lui tombe entre les mains. Il porte comme titre : *La Complice*. La couverture l'a attirée comme un aimant dans la librairie du passage Pommeray. Elle a choisi sans hésiter et sans comprendre les troubles irréversibles que l'ouvrage allait causer.

La lecture est devenue obsédante et terrifiante. Le récit est maudit, car c'est son histoire qui se déroule à livre ouvert.

On y raconte ses pensées, ses angoisses, ses souvenirs. Toute sa vie est inscrite à travers les pages.

Dans *La Complice*, elle s'appelle Emma. Le personnage a la même apparence physique qu'elle : taille moyenne, peau mate, yeux bruns, cheveux longs. Les détails sont précis et troublants : la cicatrice derrière l'oreille droite, le minuscule colibri tatoué dans le creux des reins. Ses signes de reconnaissance pour la morgue, comme elle les nomme en ricanant. Ils sont consignés comme les preuves irréfutables de son existence. Au fur et à mesure de sa lecture, elle lève les yeux et répète « Laura, Emma », cherchant en bégayant à comprendre ce qui lui arrive.

Son enfance difficile est décrite dès les premiers chapitres. Dans le quartier Bellevue, sa mère l'a élevée seule, avec ses deux frères. Très vite, elle cherche à fuir les quatre murs minuscules de l'appartement, les tours tristes et misérables de la banlieue nantaise. Elle s'ennuie au collège et puis au lycée. Un jour, elle rencontre Yvan. Ce premier amour a le goût des soirées interminables à refaire le monde trop pourri des adultes. Adolescents désabusés, ils s'enivrent d'alcool et de drogues, oubliant dans ces paradis artificiels les cours, un quotidien trop morne et un avenir prévisible. Il leur en faut toujours plus et l'argent manque.

Le cambriolage d'une belle villa à La Baule en plein hiver aurait dû bien se passer. Ils se sont procuré des armes et pensent trouver une maison déserte. Surpris par la propriétaire, Yvan tire. Impuissants, ils regardent le sang couler avant de s'enfuir. L'alerte est donnée par une voisine, affolée par le coup de feu et les cris terrifiés de Laura. Après une embardée, leur voiture termine sa course folle dans un fossé. Réfugiés dans les marais de Guérande, ils avancent comme deux ombres tremblotantes. Leur cavale ne dure pas longtemps. La police a déployé de gros moyens, une centaine d'hommes quadrille la zone, un hélicoptère tournoie au-dessus de leur tête. On les retrouve au petit matin, deux bêtes traquées à bout de forces, dans la cabane d'un paludier. Yvan est majeur et coupable de meurtre, sa peine est sévère. D'ailleurs, il dort toujours en prison. Laura n'a que seize ans au moment des faits ; complice, sa condamnation est plus légère. Elle restera trois années en centre de détention. En décembre, elle sort en liberté conditionnelle, pour « désengorger les prisons », comme on dit.

Sa vie défile au long de ces lignes, jusqu'au bout, jusqu'à la sortie de prison. Comment peut-on la connaître à ce point ? Elle se sent trahie, violée, pire encore. On s'est servi d'elle sans son accord. Ou alors, elle devient folle. Ses mains tremblent. Sa tête se vide peu à peu. Elle va se regarder dans le miroir de la salle de bains. Ses yeux bruns interrogent, sans trouver de réponse. Elle a l'impression d'être un fantôme, une ombre désincarnée. Ce livre l'entraîne au fond d'un trou noir, dans un abîme sans fond.

22 heures, Laura retrouve dans un tiroir un pistolet volé lors d'un précédent cambriolage et soigneusement caché dans la cave de sa mère, avant qu'elle ne le récupère à sa sortie de prison. Elle agit comme un automate. L'astiquer, le bichonner lui permet de retrouver ses idées, de mettre au point sa vengeance. Qu'importe s'il manque des balles dans le barillet, elle va retrouver ce type, le faire parler. L'auteur est noté en lettres rouges sur la couverture : Adrien Crisbi. Une courte note biographique précise qu'il vit à Nantes.

Comme par hasard, *La Complice* est son premier roman. Laura a son nom. Une recherche sur Internet lui fournit l'adresse. Maintenant, elle peut bouger, elle sait où aller. L'écrivain s'est installé dans sa tête comme un charognard, il l'a disséquée comme un animal de laboratoire. Elle ne sait pas comment, mais il va payer.

23 heures, dans le tramway ligne 1 direction les bords de l'Erdre, elle trouve une place assise. Peu de monde circule ce soir, la pluie froide décourage les passants. Une voix métallique égrène les arrêts. Le pistolet coincé dans la ceinture de son jeans la gêne. Pourtant, elle sait qu'elle en aura besoin. Devant l'île de Versailles, Laura descend. Elle se dirige vers l'immeuble, le numéro 5. L'homme, sûrement malhonnête, va lui ouvrir la porte. Quand l'interphone retentit, elle attend trois sonnettes avant qu'il réponde :

— Oui, c'est pour quoi ?

— Commissaire Boman, je souhaiterais vous parler !

— Pour quelles raisons ? Vous avez vu l'heure ?

— Désolé, mais c'est urgent ! Je peux revenir avec un mandat pour perquisitionner ou vous convoquer pour un interrogatoire, si vous n'ouvrez pas !

— D'accord, c'est le deuxième appartement sur la gauche.

Il est peut-être rassuré par la voix féminine. Laura ne sait pas. Elle frappe deux coups à l'entrée, l'homme lui ouvre. Quand il la voit, il a un mouvement de recul, se ressaisit et veut fermer la porte d'un coup d'épaule. Rapidement, la jeune fille la bloque avec son pied et entre, pistolet au poing. Le crâne dégarni, Adrien Crisbi est de taille moyenne. Surtout, il sue la peur :

— Vous avez une plaque, qu'est-ce que vous voulez ?

— Je viens pour votre livre, *La Complice*.

— Je ne vois pas de quoi vous parlez !

— Je pense que vous le savez parfaitement ! Inutile de mentir, je veux la vérité !

Il transpire, ses yeux sournois regardent furtivement la pièce d'à côté. Laura lui fait signe d'entrer et le pousse avec son arme. Elle arrache un cordon du lourd rideau de la fenêtre pour le ligoter sur une chaise et l'observe. Il ressemble à un misérable trouillard et, malgré ses menaces, il refuse de parler. Son visage lui rappelle pourtant vaguement quelqu'un, une silhouette enfouie dans sa mémoire traverse ses pensées. Elle connaît l'homme et doit trouver des indices ; il ne dira rien, muré dans un silence peureux et buté. Elle commence à fouiller ce qui ressemble à un bureau. Au bout d'un quart d'heure, elle trouve enfin ce qu'elle cherche. Il cache au fond d'un tiroir d'une lourde commode des cassettes avec, inscrit en lettres rouges, le nom « Emma ».

— Je ne m'appelle pas Emma, vous le savez ?

— Votre prénom, c'est Laura, oui je sais.

Elle le reconnaît peu à peu. Elle a croisé sa silhouette, son uniforme bleu et son air suffisant, arrogant, pendant ses années de prison. Là, il semble fatigué, à bout de forces. L'homme dort peu, hanté par ses propres démons.

Quand le magnétophone de poche s'enclenche, Laura entend sa propre voix rauque, bizarre, comme sortie d'outre-tombe. Ses paroles sont saccadées. Elle parle la nuit dans son sommeil, elle raconte sa vie, ses angoisses, ses peurs, comme pour mieux exorciser ses peines. Cet homme l'a soigneusement écoutée et enregistrée pendant sa détention. Il a ensuite retranscrit par écrit ce qu'il entendait.

Laura arrête l'appareil :

— Pourquoi ?

— On vous soupçonnait de trafic de drogue. Je devais savoir, alors j'ai posé un micro sous votre lit.

— C'est ma vie, c'est à moi. Vous n'aviez pas le droit de publier ça. C'est immonde, ce que vous avez fait !

— J'avais besoin d'argent. Ce n'était pas avec mon salaire de surveillant pénitentiaire que je pouvais éponger mes dettes de jeu. Votre histoire était intéressante, de la matière brute, l'histoire d'une petite paumée qui se retrouve en cavale. Les lecteurs sont toujours friands du malheur des autres. Quand c'est une jeune fille comme vous, c'est encore plus excitant !

Cet homme est un minable imposteur, un vrai malade. Elle doit agir pour elle et d'autres victimes qu'il pourrait disséquer, dépouiller de leur histoire, de leur passé. Laura ramasse les cassettes dans son sac, l'assomme d'un coup sur la nuque avant de quitter l'appartement. Elle a besoin d'aide, la vérité doit éclater, elle ne peut pas laisser faire.

C'est sa dernière course. Elle dévale l'escalier quatre à quatre et se retrouve dans la rue. Elle sait où elle doit se rendre. Elle trouve son rythme, ses jambes la portent. Seul le bracelet électronique lui enserre parfois violemment la cheville. Son sang bat dans ses tempes, la pluie lui fouette le visage et dégouline le long de ses cheveux. Il faut tenir jusqu'au bout. En traversant le pont, elle jette rageusement son pistolet dans l'Erdre. L'arme flotte quelques instants à la surface avant de disparaître dans les eaux boueuses de la rivière. Sans cela, elle ne pourra pas entrer.

Minuit, le commissariat Waldeck-Rousseau reste ouvert

nuit et jour. Au début, l'inspecteur de garde l'écoute, dubitatif. L'histoire qu'il entend lui semble invraisemblable, il se demande si la jeune fille n'est pas sous l'emprise de la drogue. En plus, elle a fait de la prison. Laura raconte tout. Les cassettes posées sur le bureau, preuves d'une affaire douteuse, semblent tellement étranges qu'il décide d'ouvrir une enquête.

Adrien Crisbi est arrêté au petit matin. Pendant la nuit, il a réussi à se défaire de ses liens, pourtant il n'a pas cherché à fuir. Il reconnaît les faits dès le début de sa garde à vue. Des examens psychiatriques révèlent des troubles graves.

Quelques mois plus tard, cette étrange affaire se termine au tribunal de Nantes. Le procès, qui traite d'une affaire originale, devient médiatique. Laura, citée comme témoin principal, accepte de venir à la barre et de croiser une nouvelle fois Adrien Crisbi. Pourtant, l'homme reste absent, déjà perdu dans son monde et incapable d'expliquer ses faits et gestes. Le procès fait le succès du livre. Parfois, Laura relit *La Complice*. Elle ne s'y reconnaît plus comme la première fois, comme si Emma devenait peu à peu une étrangère. L'histoire ne lui inspire plus l'effroi de cette nuit de mars. Elle tourne alors les pages devenues vides de sens. La jeune fille a changé. Une vie nouvelle commence, plus calme, plus sage, plus sereine. Laura l'espère aussi.

Ce matin, elle entre dans la petite librairie du passage Pommeray. Laura achète de grands cahiers de toutes les couleurs. Écrire son histoire pour regarder le présent sans avoir peur de l'avenir. Retranscrire sa vérité sans faux-semblants ni imposture. Elle sait maintenant qu'elle trouvera un sens à sa vie.

L'étoile sur le tchador

Le désert comme une longue page blanche déroule à l'infini sa mer de sable. Leïla se réveille en s'étirant à l'ombre d'un rocher. Sur son voile noir, des grains de sable ont dessiné comme une étoile. Elle secoue son long vêtement, renoue les lacets de ses sandales. Sous la chaleur, elle a beaucoup transpiré, des gouttes de sueur perlent encore sur son visage, qu'elle essuie doucement. Le sommeil ne l'a pas apaisée. Malgré sa fatigue, elle va reprendre son voyage à travers les dunes interminables. Le chameau sagement assis à quelques mètres l'attend pour le départ. Ses gourdes soigneusement rangées dans les sacoches sont encore pleines, même si cela fait longtemps que l'eau n'est plus fraîche. Boire la désaltère et va lui permettre de reprendre sa route.

Loin de Tamanrasset et de ses illusions, Leïla doit retrouver les siens, les Bédouins du désert. Elle va reprendre son existence de nomade. Dans l'immensité du Sahara se trouvent sa vie, son destin. Comme d'autres membres de sa famille, elle a fui la tribu, car l'élevage des chèvres ne permettait plus leur subsistance. Arrivée dans la ville, elle a essayé de trouver du travail, de s'intégrer et d'oublier l'existence du désert. Faire le ménage pour une famille d'anciens colons ne lui faisait pas peur, elle était au départ pleine de bonne volonté. Chaque jour, elle trimait davantage.

Les Blancs l'exploitaient sans vergogne jour et nuit. Ils ne la payaient que misérablement quelques dinars par semaine. Sa chambre n'était qu'une minuscule mansarde meublée chichement d'un lit et d'une chaise. Son quotidien devenait un enfer.

La ville n'offre pas la liberté et le bonheur, comme on pourrait le croire. Pour les riches Occidentaux, l'existence est confortable, ils continuent à diriger les entreprises, à profiter des richesses grâce à l'argent dont ils disposent. Pour les pauvres, ce n'est qu'un mirage, de la poudre aux yeux. Ils s'entassent dans les quartiers pauvres, cherchent désespérément un travail pour s'en sortir.

Leïla n'est pas née pour rester dans une maison, entre quatre murs de pierres. Elle ne peut envisager de vieillir comme une ombre, portant inlassablement des seaux pour laver à grande eau des carrelages dans une maison inhospitalière. Elle refuse de devenir une esclave silencieuse qu'on regarde à peine. Hier, elle s'est enfuie. Sans prévenir, elle a préparé un sac, réuni les quelques dinars de sa dernière paye. Avec son argent, elle a acheté un chameau, compagnon indispensable pour la mener sur les pistes. Elle reste une nomade qui se déplace au gré des saisons et des dunes. C'est une amoureuse du Sahara.

Ici, le temps s'arrête, l'horizon reste sans fin, sans limites. Ses yeux retrouvent la symphonie des couleurs pures, l'azur du ciel et l'ocre du sable. Le vent balaie le rocher où elle s'est abritée, son voile se plaque sur son corps. Avec son chameau, le voyage va être long et difficile. Elle ne craint pas la solitude, c'est la compagne éternelle du désert.

Leïla reprend son sac et monte à califourchon sur

l'animal. Ses doigts fins et tannés tiennent fermement les rênes. Il lui reste de longs kilomètres avant de retrouver les siens. Elle s'engage lentement sur la piste blanche. La route risque d'être interminable et semée de risques. Qu'importe, partir, c'est aussi revivre.

Après plusieurs heures de marche, le chameau arrête doucement sa marche. Leïla comprend que quelque chose d'inhabituel se passe. Grâce à son instinct, il a dû repérer une menace. La jeune femme se tient sur ses gardes ; en cas de danger, elle cache sous son voile un long poignard effilé. Un bruit de moteur se rapproche, les vrombissements se font de plus en plus précis. Peu à peu, une jeep apparaît dans un nuage. La poussière soulevée par la voiture l'aveugle quelques instants. Le chameau secoue nerveusement son encolure.

Un homme descend du véhicule, un Blanc. Il s'approche en hésitant. Des gouttes de sueur perlent et coulent le long de son visage, ses cheveux blonds sont aussi trempés. De grandes auréoles apparaissent sur sa chemise blanche. Il n'est pas habitué au désert et doit souffrir de la chaleur accablante.

— N'ayez pas peur, je veux vous parler.

Leïla regarde cet homme, elle ne le connaît pas et ne comprend pas ce qu'il fait ici.

— Vous êtes perdu ?

— Non, non, je vous suis depuis que vous avez quitté Tamanrasset.

— Qui êtes-vous ?

— Je suis le voisin de la famille qui vous a embauchée. Longtemps, j'ai cru que vous n'existiez pas. Je ne pensais pas qu'on puisse encore exploiter une femme ainsi. Je croyais à un cauchemar chaque fois que je vous voyais par la fenêtre.

— Pour vous, les Blancs, je ne suis qu'une esclave. Mais c'est terminé. Je repars parmi les miens, les Bédouins, les hommes libres.

— Je voudrais vous accompagner, laissez-moi venir avec vous.

Leïla se demande si l'homme a toute sa raison. Elle ne le connaît pas, ne l'a jamais croisé, pourtant il lui semble sincère, même si elle ne comprend pas pourquoi il souhaite tant partager son voyage.

— Vous ne pouvez pas. De toute façon, le désert n'est pas un endroit pour vous. C'est trop risqué. Vous n'allez pas pouvoir survivre, ici. Moi, je suis habituée, je suis née ici, d'ailleurs je n'aurais jamais dû partir.

— Laissez-moi faire avec le désert, avec les Bédouins et avec vous. Ce matin, je vous ai vue partir avec votre sac, j'ai pris ma voiture, j'ai tout quitté, tout laissé sans me retourner. Je ne veux pas abandonner maintenant.

— Le désert n'est pas pour les touristes. Vous allez regretter et me demander de vous ramener à la ville !

— Non, je vous promets de ne pas être un poids. Si ça ne marche pas, je m'en irai, vous n'entendrez plus parler de moi !

À cet instant, Leïla croise son regard clair. Elle sait qu'elle va accepter sa proposition insensée. Aussi impossible que soit leur rencontre, s'il veut la suivre elle ne va pas s'opposer à sa décision. L'homme est sûrement un peu fou, mais il ne lui veut pas de mal, son intuition lui dit qu'il n'est pas dangereux. Son cœur cogne très fort dans ses tempes. Elle le regarde et hoche la tête. Alors, il semble heureux et soulagé.

Il a tout quitté pour être avec cette femme, sans regrets. Les bras le long du corps, il attend. Leïla caresse l'encolure de son chameau, il la laisse mener la suite du voyage :

— Nous allons continuer sur la piste jusqu'à la prochaine ville. La route est encore longue. Là-bas, on verra pour votre jeep, si on peut l'échanger contre un chameau et des vivres. À un moment ou un autre, on va manquer d'essence. Où on va, pas la peine d'espérer en trouver.

— Je reste derrière vous. Seulement, attendez-moi si je m'enlise dans les sables.

— Ne vous inquiétez pas, je ne vais pas vous laisser. Dans le désert, il faut toujours mieux voyager à plusieurs. Rester seul, c'est prendre des gros risques.

Il monte dans la voiture, rassuré par ses paroles. La route se déroule devant eux entre les dunes mouvantes. Le chameau s'habitue doucement, comme Leïla, au bruit du moteur derrière eux. Parfois, elle se demande s'il suit toujours, alors elle se retourne pour croiser son regard derrière la vitre. L'homme reste si mystérieux. Leïla est impressionnée par sa détermination et son courage. Car il n'est pas habitué au désert. Au fil des heures, la chaleur, le soleil mettent à rude épreuve les organismes. Pour celui qui n'est pas habitué, il faut puiser dans ses ressources pour survivre.

Le soir, ils mangent tous deux un repas frugal, partageant leurs propres provisions au coin d'un feu. Paul se montre bavard et aime lui raconter sa vie, son exil dans cette région inaccessible. Il est venu travailler pour une compagnie pétrolière, mais il ne s'est jamais senti à l'aise parmi ses compatriotes. Il n'aime pas cette communauté qui vit sur elle-même. Nostalgique d'un passé colonial, elle continue de profiter sans vergogne des richesses du pays, aveugle aux aspirations du peuple qu'elle exploite. Surprise, Leïla se plaît à l'écouter, lui répondre et n'hésite pas à se dévoiler, ayant déposé son tchador à ses pieds.

Lentement, le voyage se poursuit. Pour Leïla, il devient un compagnon attentif. La jeune fille un peu sauvage s'apprivoise, elle devient aussi plus aimable. Peu habituée aux hommes, elle se sent de plus en plus troublée en sa présence. À ses côtés, elle retrouve son sourire. Leurs longues conversations les rapprochent. Ils n'ont pas besoin de mirage pour se laisser envoûter par l'infini du Sahara. Plus tard, ils pourront se ressourcer à l'ombre des palmiers et goûter la fraîcheur d'une oasis.

Leïla a rencontré un homme dans le désert. Le destin prend des voies insoupçonnées pour arriver à ses fins. Elle ne le sait pas encore, mais peut-être devient-elle une femme amoureuse ? Pendant la journée, le bleu limpide du ciel rejoint le jaune doré du sable, dans une palette de couleurs surprenante. Le soir, le soleil s'évanouit pour laisser la place à l'esquisse bleutée de la nuit.

La vie lui semble soudain aussi belle que l'immensité grandiose du paysage.

Inch'Allah !

À propos de l'auteur

Vivant dans la région nantaise, Valérie Hervy est formatrice en français.

Pendant ses études de psychologie, elle travaille son mémoire de maîtrise sur l'écriture comme processus créatif.

Après plusieurs ateliers d'écriture, elle commence à rédiger des nouvelles.

Comme un artisan, elle aime le travail sur les mots, peaufinant les détails, remettant sans cesse son ouvrage.

Elle s'inspire d'un regard croisé dans la rue, d'un objet posé sur la table ou de la lecture d'un fait divers.

Ses histoires s'inscrivent dans notre époque et interrogent sur le monde qui nous entoure.

Retrouvez tous les titres et l'actualité des Éditions HJ :

Sur notre site Internet :
http://www.editionshelenejacob.com

Sur Facebook :
https://www.facebook.com/EditionsHJ

Sur Twitter :
https://twitter.com/EditionsHJ